空飛ぶ亀の狂詩曲《ラプソディ》

青木繁に魅せられた梅野家の断章

梅野 淑子
Umeno Yoshiko

文芸社

扉絵　　時の記憶　夏　2012

推薦の言葉

長野県北佐久郡旧北御牧村元村長　小山治

長野県北佐久郡北御牧村は平成の大合併で東御市となりました。村立であった梅野記念絵画館・ふれあい館は、現在は東御市立の美術館として全国に名が知られるようになりました。

私が村長であった時に北御牧村に芸術村構想を立案いたしました。浅間山に連なる峰々を背景とする景勝の地を芸術村とし、中心に美術館を建てようというものでした。その美術館には地元の作家の作品を中心に集めようとしていましたが、ご縁のある方から梅野隆さんをご紹介いただきました。梅野さんは当時、東京京橋の美術研究藝林を主催されていました。村出身で現在は東京藝術大学教授で美術学部学部長である保科豊巳氏から梅野さんの眼は「本物」との評価をいただいて、梅野さんが集められた作品群が絵画館の収蔵作品となったのです。

村と梅野記念絵画館・ふれあい館設置契約の取り交わしは、平成九年の初夏でした。村では早速、開館に向けてプロジェクトチームを立ち上げました。

梅野家からは学芸員の資格を持つ淑子さんが加わりました。見ず知らずの地で、しかも高校転入生と中学生、小学生の三人の子供さんを抱え、開館のための慌ただしい活動でしたが、村役場の同じフロアの職員や地元ＰＴＡの皆さんとも直ぐに馴染み、さすが梅野家に相応しいお嫁さんだと微笑ましく思えました。絵画館の開館は平成十年四月二十七日。開館レセプションの席上、館長となった梅野隆氏と淑子さんが抱き合って喜んだ光景は鮮明に覚えています。

ところが開館から二、三年後、館で学芸員をされていた淑子さんが健気な姿を見せなくなり、内心寂しい思いで、いずれまた会えるだろうと思っていました。図らずも平成二十四年十月に「空飛ぶ亀の狂詩曲」原稿と共に十三年ぶりに再会。原稿を一読して、実は大変なご心労をお抱えの上でのご決断をされたこと、ご主人であった梅野亮さんを画家として再出発させたいとの願いが見事な文章によって描かれ、深く共感できるものでした。絵画館の素晴らしい作品群は、梅野隆初代館長を始めとする梅野家の芸術への深い関わりと蒐集への強い執念によるものとお汲み取りいただけたらと思います。梅野隆氏は、青木繁に通じる熱血さを持ち、描かれている様子は私が接した姿そのものです。

再会の時を同じくして、梅野記念絵画館では現在日本美術界で最先端の一翼を担っている保科豊巳氏の三十年余りの回顧展が開かれていました。私は淑子さんと二人で屋外の展示彫刻作品も含め二時間ほど鑑賞しましたが、数日して淑子さんから分厚い感想文が届けられました。私はその審美眼と文章力に感動し、早速に保科氏に送りましたところ、直ぐに「私の作品を即座に理解し、その筆致は唯の人ではない。芸術の分野だけで埋もれている人でもない」との激賞をいただき、嬉しく思いました。

静かに考える時、この「空飛ぶ亀の狂詩曲」を絵画館の確かな歴史と捉えて世に問えば、開かれた絵画館として多くの皆さんの共感を呼ぶものと期待しています。若者にも魅力ある絵画館の進展には筆者である淑子さんの様な感性豊かな人材が求められるのではないかと願うものです。

今、絵画館のホールでは淑子さんの実家から贈られたピアノから時折、穏やかな響きが流れています。

筆者出版の成功を祈りながら。ご一読をおすすめいたします。

平成二十五年四月

空飛ぶ亀の狂詩曲◎目次

空飛ぶ亀の狂詩曲《ラプソディ》

青木繁に魅せられた梅野家の断章

亀は飛ぶ――まえがきに代えて――

私はこれから奇妙で、ちょっと不思議ですらあるかもしれない話を書こうとしている。

青木繁という明治期の画家と深い関わりを持つ家の、一時は嫁だった人間として。その、ちょうどその時期に美術館を建てようという構想が現実化し、私にも重要な役割が回ってきた。けれども様々な要因から生まれた葛藤の中で嫁は玉砕し、家庭は空中分解した。美術館が建てられた土地の人たちは、わけもわからないまま消えてしまった私のことを、まだ憶えているだろうか。

理由はどうであれ事態がここに到ってしまったのだから、かつての嫁は潔く、もう最後まで黙って消えた方がいいとは思っていた。それが誰にとっても一番差し障りがないし、自分も平和に生きられるだろう、と。

しかし、どう考えても偏りすぎたこの人生には、やはりそれなりの意味があるような気がしてきた。私が今生ですることになっている中には、この体験を書くことも入っているのではないか、と感じるようになったのだ。

私はこれまで長いこと、自分が空を飛んでいる亀だと思っていた。鳥たちに棒切れの両端を持ってもらって、その真ん中に喰いついて運んでもらっている亀だ。口を開いて物を言えば落ちる。それであえなく木っ端微塵、というイメージの。でもここへ来てなんとなく、もう棒を咥えていなくても大丈夫、そのまま空を飛べる、という新たな発想が浮かんだ。

諦めよりは喜びの方が、もちろん嬉しいに決まっている。私は、どうしても試してみたくなった。

二〇一一年七月二十八日に東御市梅野記念絵画館の初代館長であり、私の義父でもあった梅野隆氏が逝去された。芸術を愛して生涯を捧げられた、立派な業績とその健闘を称えたいと思う。自分の信じる芸術にすべてを賭けた人生だった。定年退職してから画廊経営を十二年、さらに絵画館の館長として勤めること十四年にも及んだ精力的な活動は、世に大きな影響を与えた。葬儀には多くの人が参列し、在りし日の情熱的な姿を偲んだ。

氏の息子で、亮という人が私の夫であった。彼は最初に知り合った時には画家で、限りなく障害物競走に似ている人生を突進していく、勇敢かもしれないがあまりにも無謀な人間だった。最初から私はこの家族の難しい在り様について、わかっていたような気がする。

ここでどうしても言及したいのは、夢を追う者たちの生きづらさについてだ。世間体が悪い、などというレベルを遥かに超えた私の人生において、さらに状況を悪化させるような文章を性懲りもなく書こうとするのは、その謎についてもっと突きつめたいからだ。すでに別れて、新たな生活を送っている相手との、これまでの紆余曲折について述べることに何か意味はあるのか、さすがに自分でも怪しむ。

しかし人間の本性、芸術の価値や意味について、全身全霊で考えさせてくれる存在だった彼との関係は、私の人生におけるテーマそのものでもあった。だからこそ、この期に及んでも彼が自分らしく生き抜いてくれることが、とても重要なことなのだ。そして、その根拠となる筋道について表明することは、私がこれから先を生きていくためにどうしても必要なことだと信じている。


この社会が規定している結婚という制度に対して、初めから終わりまで充分な敬意を払わなかった報いを、私は受けている。この相手は本質的に何ものにも縛られようのない存在であったし、そういう人間とわかっていながら関わった私も同類ではあったのだろう。

私が彼の嫁であった期間に実現した美術館の誕生は、とても意義のあるものだった。しかし、私はそこに留まることができなかった。本当の役目は開館後の仕事よりも、自分の直感に従うことの方にあると信じたからだ。もちろん、万全の策をとれたとは自分でも思えない。その時は私も興奮し、逆上し、すべてに振り回されながら生きていた。館から離れて冷静に過去の経緯《いきさつ》を考える余裕ができた時、ようやくそれまでの状況を自分なりに把握することができた。

そのことについて私が最初に書こうとした理由は、安全な生活から、安泰な立場から、いつも逸脱してしまう彼が、またしても危うい局面に嵌まり込もうとすることを危惧したからだった。生きづらい彼のために、とにかく応援歌を歌いたかったのだ。それだけでも本当に難しいことだった。事実を世間的な見方で捉えれば、いや、どう書いてみても、彼にとっては応援歌どころか、葬送曲のようにしか感じられないかもしれない。

さらに彼は、書こうとした時点ですでに私の知らない新しい生活を始めていた。それもまた普通に考えれば充分、危険なことだった。関係は基本的に壊れていたとはいえ、私は希少な理解者であり、味方だったと思うから。でも、確かに彼は初めから私にとって、単なる番《つが》いの相手というだけではなかった。どういう人間かということは嫌という程わかっていて、それでも私は彼が納得のいく人生を送って欲しいと、常に願っていたのだ。

後になって告げられた事実がやはり私を悲しませたとしても、その気持ちに変わりはない。彼がかつて私との暮らしを立てるために働き始め、その後三十年も続けた仕事と縁が切れそうになった時、私はなんとしても書こうと決意した。祈るような気持ちで。

その頃までに父と息子の関係は、それ以前にも増してもつれ切っていた。私は館長である義父が、絶対に彼の絵を美術館には展示させない、と言っていることを知った。それで私は、画家として彼の名を世に出してしまえば、義父はどうしても彼の絵を無視することはできなくなると考えたのだ。彼はもはや、絵を描くしかないと感じたから。

それで、がむしゃらに以下の文章を書き始めた。

私の原点、青木繁

私は今や、はっきりとした野心を持って、この文を書き始めている。まず、このわけのわからない、困った状況をどうにかしたい。さらに、どうもこの人生で与えられているらしいテーマについて、納得のいく答えを出したい。いろいろ悩んで考えたあげく、ついには因縁話として書くことに決めた。ことあるごとに心の中に間欠泉のように噴き上がってくる想いを、どうしたら昇華できるのかわからなくて、長いこともがいてきたのだ。

この理不尽な現実を前にして、おとぎ話の中にしかあり得ないようなハッピーエンドを信じるおめでたさと、当てにもならない女の本能以外、何も持たずに立ち向かわねばならぬ私である。けれどもそういう捉え方でなら話の持っていきようがあるかもしれないと、ふと思ったのだ。有り難く尊いお導きによって、いや、もしかしたらとんでもなく邪悪な力かもしれないが（もしそうだとしても、どんな違いがあろう）、確かになんらかの力に導かれてここにいることは、信じているのだ。

わがくには
つくしのくにや
しらひわけ
はゝいますくに
はじおほき
くに

―わが国は
筑紫の国や
白日分け
母います国
櫨多き国―

九州の福岡県久留米市に、筑紫平野を一望にすることができる兜山《かぶとやま》、通称「けしけし山」がある。その頂上に、この歌の刻まれた碑が建てられた。昭和二十三年三月二十五日のことである。歌は、明治の洋画家である青木繁が詠んだものだ。そして刻まれている文字は、同郷の友でやはり有名な画家、坂本繁二郎の手によるものであった。

初めてこの歌を知ったのは私が三十歳も過ぎてからだが、なんと可愛らしい、そしてなんと哀しい歌なのかと思った。「はじ」とは櫨《はぜ》の木のことなのだが、どうしても私には恥、という意味にしか受けとれなかった。それまでにはかなりの事情がわかっていたから。


青木繁とは、中学生になったばかりの時に出会ったのだ。入学式の日に配られた教材はかなりの種類があったが、その中で、美術の教科書の表紙に使われていた「海の幸」に惹かれた。その絵から、絵というよりも私は彼そのものの存在を感じた。

教わった美術の先生も、この作家に憧れていた。日本人の描いた名画と言われるものの中には、必ず天才と賞賛される彼の絵が入っていた。

でも「海の幸」を見るたびに、私は素晴らしいというよりも、何かとても懐かしいものに感じていたような気がする。不思議なものを見ているような。とりわけ「海の幸」の画面から、それだけ特に白っぽく塗られた顔がこちらを向いているのが、強い印象として残っている。ずいぶんたってから聞かされたことだが、それは青木の恋人、福田たねの顔だった。彼が後に描き加えたのだという。

様々に評価される芸術というものの本質が、もちろん私にはよくわかっていなかった。

たとえ大人になったところで、完全にわかる人など本当にいるものかどうか、今でも疑問に思うけれども。

いろいろな形式や様式があり、ありとあらゆる類の表現がある。これでもかというほどの作品が、今までの歴史のうえに積み上げられている。

そしてまだ子供だった私は、極端なまでに何の制約も制限もなく、心のままに自由に表現してよろしい、という時代と場所にいた。その状況はしかし、例えは悪いが何も道しるべのない原っぱで、犬がいったいどこに自分の匂いをつければいいのかわからず、途方にくれている状況に似ていた。道はまったく見えなかった。でも、すべてがまだ混沌とした心の中の、おぼろげな夢の畑に、いつの間にか一粒の種が蒔かれていたらしい。

つい最近（平成二十一年六月の終わり頃）のことだが、書くべき理由を自分に納得させるために筑紫にある兜山、青木の歌碑のある通称「けしけし山」を訪ねてきた。朝五時起きして、七時半羽田発の飛行機で出発した。人生でそうしょっちゅう飛行機に乗る機会などない私には、気持ちの高揚する感動的な体験だ。あんなに重い鉄の塊が翼を震わせながら空中に飛び上がる。奇蹟のように。

雲の上からの光景はまるで南極の氷原みたいだったが、途中で富士山だけがくっきりと、濃い緑の縁取りのある、紫の陰影になって浮かんで見えた。一時間半ほど雲海を見続けたが、着陸前の九州に入るあたりで目を疑うような情景に驚かされた。巨大な白いゴリラそっくりの積乱雲が、たくさん並んで出迎えてくれたのだ。

福岡空港には九時半近くに着いた。梅雨時なのだから雨も覚悟はしていた。それでも頑張って山登りするつもりだったのだが、幸運にも晴れていた。

しかし地図にも詳しく載っていない目当ての山は、行き方を調べるのにも大変だった。

大きな駅に着いてみればわかるだろうと思っていたのだが、甘かった。博多駅の案内所で尋ねてもよくわからなかったので、とりあえず久留米の駅まで電車で行った。都合のよい特急があったので三十分ほどで着いた。

観光案内所で、受付の可愛い職員さんにどう行ったらいいのか尋ね、調べてもらった。そして見当をつけてもらったバスで、山の近くまで行ってみることにした。

しばらく待つことになった久留米のバス停には、「海の幸」の原寸よりもかなり大きな看板が取り付けてあった。その光景は何故かとてもわびしく見えた。厳しい日差しや風雪に耐えて色褪せたその絵が、観光客もあまり来ていなさそうな、不景気な地方の現状をはっきりと物語っていたせいだろうか。今は表舞台では活躍していない、古い時代の廃れた絵のように見えたからだろうか。

　時代や歴史の中で展開する、誰かの、何かの「一栄一落」にすぎないのか。ある日にはもてはやされ、ある日には忘れ去られる。確かにそれは世の春秋《しゅんじゅう》には違いないのだろうけれども。

　目的地の停留所でバスを降りたのはいいけれども、その先がまた困った。そこにはまるきり何もない。いや、駐車場にロープを張ってある建物が、あるにはあった。祭日で閉まっているのか、潰れたのかもよくわからない、農協関連の施設らしい建物が。それだけで、ほかに手がかりになるようなものがまったくない。

　妙にピカピカと日差しが照りつける舗装道路を、晴雨兼用の傘をさして、とりあえず歩いた。道の右側に、思ったよりも遠くに山が見え、左側には何の実が生るのか私にはよくわからない、低木の並んだ果樹園が広がっていた。看板も案内図も何もなかった。

　ちょっと歩いた所からコンビニの看板が見えたので、おにぎりとお茶を買うことにした。

そこでまたどう行けばいいのか、尋ねてみようと思ったのだ。でもカウンターにいた若い店員さんたちは、そんな山の名前は聞いたこともないと言う。そばにいたお客さんが、名前が変わっているかもしれないよ、と言った。

諦めてとりあえず歩き出そうとした時に、外から戻ってきた店長さんらしい人が、さすがに知っていて教えてくれた。

話を聞いて驚いた。古くから一本、登っていく道があるにはあるのだが、そこはもうほとんど潰れてしまっている。しかも雨の後なので、特に危険なのだそうだ。

あと二つの道を教えてくれたが、可能性があるのは逆に何キロか戻って、隣の高良《こうら》山《さん》から参道を登って尾根伝いに歩く、という行き方だった。それでも、帰りは夜になってしまうだろうと言う。

費用は惜しかったが、せっかくここまで来たのだ。お店までタクシーを呼んでもらって、高良山の参道から入ってもらうことにした。それで正解だった。とんでもない距離だった。

運のいいことに、タクシーの運転手さんはとても親切な人だった。運転手さん自身は行ったことがないという。でもこのあたりの道や観光地の勉強をしなければならないので、喜んで行きますと言ってくれた。個人営業の資格をとるために頑張っているのだそうだ。

高良山から耳納山《みのうさん》にかけては、整備されたドライブウェイが通っている。高良山には車で来る人も結構いて、展望の開けたところには何台か車が停めてあった。数組の若いカップルが、静かに景色を楽しんでいた。そこからも筑紫平野の懐深い、広大な雄姿が眺められる。話に聞き、本でも読んだ様々なドラマの舞台である。ずっと見ていても飽きなかったろう。でもここは兜山ではなく、当然のことながら捜している歌碑もない。

そこからは、ちょっとした山頂を見かけるたびに車を停めてもらって、駆け上がっては石碑がないかどうか確認してくる、というドライブを続けることになった。行ってみるとただ木が繁っているだけだったり、人の家か管理小屋の建っている所だったりした。

重い荷物は車に置きっぱなしで、身軽に走れるのが有難かった。でも大した距離でもない筈なのに、見つからない。もちろん全部歩いたら大変だが、なんといっても車なのだから。何度も行ったり来たり、坂も下りかけてはまたハンドルを切り返して登ってもらったりして、相当な手間をかけさせてしまった。

最後に、「兜山キャンプ場」と看板が出ていた所にもう一度行ってみましょう、と親切な運転手さんが言ってくれた。これで駄目なら諦めることにしてお願いした。

そこはすでに一度通り過ぎたところで、まさかここではないだろうと思った場所だった。

木材などを積んだ軽トラックが、何台も停めてある殺風景な作業所である。たしかにキャンプのシーズンまでに準備作業が必要なのかもしれないが、文化的なスポットにはまったく見えない。でもそこが目指す歌碑のある場所だった。

「青木繁の碑がある所かい?」と作業をしている人が言う。「そこだよ」と手で方向を示してくれた。すぐ脇の、ちょっとした斜面を駆け登っていくと、寂しく取り残されたような石碑が、簡単な柵に囲まれて建っていた。いつ供えたのかわからない、枝と花の真っ黒な残骸が挿してある。何も用意してきていない私も私だが、あまりにも侘しい光景だ。

確かに比較的最近に、整備はされているようだった。でも大勢の人がそこを訪れるとは、とても考えられない。キャンプをしに来た家族連れとか、学校の子供たちくらいではないだろうか。その場で私にできたことといえば、そのお化けのような枝や花を捨てることだけだった。

昭和二十三年の四月二十五日、この歌碑の除幕式があった。故人を偲んで友人や親族たちが集ったのだ。そこには青木を愛しながら別れざるを得なかった恋人も来ていた。その恋の結果として生まれた子供による、笛の演奏もあった。

それは子供時代からの友人で芸術の道においてはライバルでもあった坂本繁二郎が、心の整理をつけるために行った儀式だった。

ところがそこに、招かれなかったもう一人の親友が無理やり割り込んで祝辞を読み、万感の思いを伝えようとした一幕もあった。

その当時、この山頂は今ほど木が生い茂っていなくて見晴らしもよかった。セレモニーはその壮大な景色の中で、厳粛に執り行われたことだろう。

青木繁の自画像を所蔵していた人が、押入れの中で夜毎に泣く声を聞いたのだという。

原因はその絵としか考えられなかったので、郷里に帰してやりたいと思い、手放したのだそうだ。その哀しい、この世を去ってからもまだ苦しんでいるらしい魂が、思い出の詰まった筑紫平野を見下ろす山頂で、「此世の怨恨と憤激と呪詛とを捨てて、静かに永遠の平安なる眠りに就く」ための儀式だったのだ。

除幕式は四月二十五日に行われたが、実際に完成したのは三月二十五日。

その日は奇しくも青木繁の命日だった。

けれども、今ここからその肝心の筑紫平野を眺めようとしても、生い茂った木々に遮られてよく見えない。地味な記念碑は、ほとんど誰からも忘れられているように見える。

地縁、血縁、その時代の縁がある。それらの縁に繋がれた魂たちが同じ場所、同じ時代に生まれ出て、夢を共にする仲間となる。それぞれの人生が絡み合う。青木繁は明治十五年、久留米に生まれた。藩士の子供だったが、医家であった母方の親族の影響で、西洋の文化に触れ、学問の手ほどきも受けて育ったという。

まだ中学の生徒だった十七歳の時、絵の具を武器に画界のアレクサンダーになることを夢見た。父親からの、槍で突き殺されんばかりの反対を押し切って東京に出た。

「美術？ 武術ではないのか？」というような認識の違いだ。それを押し切るだけのパワーは持っていた。食べる物もろくになく、足りない絵の具をどうにかしながら、絵を描き続けた。そして何度か、大きな賞をとった。

その作品は当時の多くの文化人に衝撃を与えた。その一人であった詩人の言葉から推し量ると、何か尋常でない芸術だった。人の魂を驚かし、揺さぶるものだったのだ。

しかしそのまま順調にはいかなかった。夢を阻むものは家族の置かれた貧困の生活だったり、若気の恋愛がもたらした責任であったりした。社会の仕組みに自分を合わせきれず、人との軋轢をうまく処理できなかったこともある。

そもそも貧乏士族の子供が、生活の保障のない芸術の世界を目指すこと自体にも、無理があった。しかも彼の芸術に対する自負が大きい故に、普通の生活を維持できるような一般人にはなれなかった。人に頼らねばならない生活をするにはあまりにも傲慢だった。

もちろん家族にとっては役立たずで、親兄弟の乏しい物資まで食い潰す、出来そこないの長男でしかなかった。ただでさえ、芸術表現と生計の道とは根本的な矛盾を孕んでいる。

両立は至難の業なのだ。特に誰かの面倒を見ることなど、自分の生存さえ危ぶまれるこの道を選んだ者にとっては、不可能に近い。まして彼が亡くなった松浦病院の院長が、彼の天才的であるのは神経系の遺伝があると信じる、と語った因子もある。ある衝動のためにいろいろなことをした、と本人も語ったらしい。

やけになって身を持ち崩し、最後には誰も助けようのない状態で九州の各地を放浪した。

　それでももっと生きたいと願ってもがきながら、二十八歳の若さで喀血してこの世を去った。けしけし山のこの山頂は、彼が子供の頃からよく遊んだ心の故郷だった。

　どうしてもこの人、青木繁と、関係があるような気がするのだ。この人の傍で夢や幸、不幸を分かち合った人たちも、苛烈なドラマが本当には終わってはいないと、訴えているような気がするのだ。社会的な評価や記録とは違う世界で、素裸の人間の魂が何かを叫んでいると感じるのだ。でもその感覚に万分の一でも意味があったところで、どうしようがあるだろう。おまけにそう感じた人は今までにも山ほどいるのだ。しかも学者として一流の人々が取り組んでいる。彼についてはすでに、かなりの数の本が世に出ている。しかし、私の人生は否応なく、何故かさらに深く関わり合う方向に進んでいくようだ。

　また久留米のバス停の看板を思い出す。この地に生活する人たちにとって、そんな絵が有り難かったことなどないのだ。その絵が本当に鮮やかに輝いていたであろう時代においてすら。作家が生きていた時はもっとはっきりと、災いを証明するものと感じていただろう。

実際の生活に豊かさを――物質的な、いやそれだけではなく、その人たちなりの心の慰めや平安をすら――もたらすものではなかった。当たり前のことだが、立派な家だの美しい着物だの、ご馳走だの、皆で祝えるお祭り騒ぎすら、もたらすものではなかった。

この同郷の作家を誇ることができるとは、誰にも思われていなかった。親族や友人とささやかに喜び合うことすら、その描き手の生き様の破綻《はたん》ぶり故に不可能だった。

彼の人生は、とても人に羨ましがられるようなものではない。それどころかほとんどもう犯罪人であり、乞食であり、狂人であると思われていた。嘲笑を込めて人の噂に提供される、話題の主だった。

なんという皮肉だろう。その時、夢を追う仲間たちに大差をつけて駆けていた彼は、実生活においては無残な立場の者として終わった。目指した夢以外、ある種の人々

――その時代において文化をリードした、そうそうたる人々――を魅了した表現活動以外、野垂れ死にした浮浪者と何らの違いもなかったのだ。

このテーマは何度も繰り返し、私の人生において主旋律として奏でられ、再考を迫ってくる。夢を目指す自由と、この世の暮らしとの間には、わけのわからない罠が仕掛けられているのだろうか。比較的安定した、食うに困らない暮らししか知らなかった私が、何故かぎりぎりに追いつめられたような魂たちと関わりを持つことになる。不思議なことに。

わがままな客の要望に忍耐強くつきあってくれたタクシーの運転手さんは、近くのバス停まで送ってくれた。この無理難題に対して割の合わない、申し訳ないほどの低料金だった。このタクシーのお蔭で、その日の時間にちょっと余裕ができた。

実は、筑紫の国にはもう一ヶ所、行きたい所があった。大宰府である。何年か前に鎌倉を歩いたことがあった。いろいろな神社仏閣を訪ねたのだが、その中に荏柄《えがら》天神社があった。学問の神様として有名な菅原道真《すがわらのみちざね》の名前は知っていたが、その神社に特に注意を引かれたわけではない。でもその時に梅をデザインしたお守りを買った。

そして去年のことだが、江戸時代の尾崎雅嘉《おざきまさよし》という人の書いた『百人一首一夕話《ひゃくにんいっしゅひとよがたり》』という本を買った。買った古本屋は私にとって何か妙な感じがする店だ。もはや普通には売っていないような、偏った本がたくさんある。心惹かれる本は誰かが手放し、廻りまわって今、ここに在るのだ。この本も、文庫で無料同然の安い値段で私の所に来た。

もちろん現代の無教養な人間にも読めるように、やさしく編集されている。私にはそれでもやはり難しいのだが妙に手放せなくて、一年以上も持ち歩いている。

特に菅原道真のところが気になって、本当に面白いと思って読んでいるのかどうかもよくわからないまま、もう何度読んだかわからない。何かが私をその本に向かわせるのだ。

東風《こち》という言葉がここに出てくる。彼の歌の中に。

道真は身に覚えのない濡れ衣を着せられて、それまでの栄光ある地位を剥奪され、左遷されて都から遠く離れた地で亡くなった。以後とてもよく祟ったようである。

でも都落ちする際に屋敷の梅の花に呼びかけた歌も、流されていく途中の、明石の浦という所で宿の主人に与えたという詩も、優しく深く心に沁みる。

こういう詩だ。

駅長莫驚時変改　一栄一落是春秋
（駅長驚くことなかれ、時の変わり改まることを　一栄一落これ春秋）

それともう一つ。この世の中には、何をしでかすかわからない奇人変人が山はどいる。

様々な作家の軌跡をたどっていっても、やはりそういう人は多すぎて数えきれないほどだ。

その中には太宰治の名前もある。根強い人気を誇る彼の作品や人生は、やはり私に何かを考えさせる。太宰という名は、筑紫の太宰から取ったという。それやこれやで大宰府は、一度は行ってみたいと思っていた場所だった。

天満宮にお参りした。都から主を慕って飛んだという、飛び梅というものも見た。その木を見ていたのは僅かの間だったが、風も吹けば雨も降った。

鳥の形をしたおみくじを引いたら、東風吹かば、の歌が書いてあった。大吉である。

東風《こち》吹かば　匂ひおこせよ梅の花　あるじなしとて　春な忘れそ

梅の花と聞けば梅野の名前を思う。東風とは東からの、つまり私に関係しているのではないかと考える。とんでもないこじつけだと笑われるのはわかっている。それでも私にとっては意味があるように感じてしまうのだ。本当にそうなのかもしれない、とまで思ってしまう。

傍にある建物で、博多人形で作った道真の人生劇を二百円払って見た。最後まで格好よく作ってあった。でも何かで読んだ本によれば、本当はとても悲惨な死に方だったようだ。

普通に考えれば、そちらの方が真実に近いのではないだろうか。そうでなければ祟ったりする理由がない。人からそう思われることもない。

でもその後の霊験はあらたかで、かなりの人の苦難が救われたという。私も必死で神頼みをした。往時を偲ばせる雰囲気はあまり感じられなかったが、なんとなく慰められたような気がした。とりあえずやろうと思ったことはやっているのだ。

江戸時代に書かれた本には、とんでもないことも書いてある。この天満宮で昔は「鬼やらい」という行事があって、年の初めに寺のほとりの道をたまたま通りかかった人を捕まえて、鬼として棒で叩いたり、引き回したりしたそうだ。それで鬼（たまたま通りかかった不運な人）はえらく苦しむ。後には貧乏人に物を与えて、その役を押しつけたらしい。

もともと橋を作るにも、人柱を立てるような国なのだ。何があってもおかしくはない。

人権などという概念はここ最近のことで、この世の仕組みはもともと野蛮なものなのだ。

　嫌な役回りは誰もがやりたくないが、結局誰かがすることになる。それで、ごめん蒙りたい役が回ってきた時、どんな対処ができるかという問題なのだ。自分の身に起こることでは、結局のところ、きれいごとなど言っていられないのだけれども。

　この劇場に似た世界で上演されるドラマは、果てしなく壮大で複雑怪奇だ。ある限定された条件の中で上品に、きちんと終始する平和な劇もまれにはある。でも大抵の場合、まったく何の波乱も破綻もない人生など、まず考えられないと言っていい。そういう仕組みにはできていないらしい。

　そして、無数にあるドラマの中に登場する役者には、どうしてここまで人間社会に厄災をもたらしてしまうのか、というような役回りが振り当てられることもある。目を覆うような悲劇を一身に引き受けるような役をこなすこともある。

　そういう激しすぎ、偏りすぎた役回りや筋の展開は、自分で望んで選択した場合もあれば、わけもわからずに巻き込まれたというだけの場合もあるだろう。たとえ身の安全を第一に考えて画策したとしても、なかなか計画通りに行くものではないのはわかっている。
私にとって大宰府は、運命というものについて考えるのに相応しい場所なのだ。

梅野家との出会い

けしけし山で行われた青木繁の歌碑の除幕式で、呼ばれてもいなかったのに、飛び入りで無理やり祝辞を読み上げたのは、梅野満雄という友人だった。青木に「因縁の二人者」と言われた親友である。

その人の孫である梅野亮と出会ったのは、彼が二十八歳、私が二十六歳の時だった。長々と苦しい青春時代を送ったあげく、女としての平和な人生は望めそうもないので、とにかく働こうと心を決めた時だった。求人の募集を探したちょうどその時、ロマンチックな赤い糸と言うよりはワイヤーロープ、と言ったほうが相応しい、強烈な縁が繋がったらしい。それまでの私の青春ときたら、どうしようもなく混乱した、自分でも不思議に思うようなものだった。でも謎は解けた。こういう人間と巡り合う運命だったのなら納得がいく、と思える相手に出会ったのだ。

小学生の時に近所の小さな雑貨屋で、洋画の歴史を網羅したような、とても小さな画集を買ったことはあった。でも私の人生にかなりはっきりとした方向性が出てきたのは、中学に上がった時からだ。そこで一緒に絵を描く友達ができた。目が大きくて痩せている、繊細で一風変わった子だった。とにかく驚くほど正直だった。村人その一、というような役回りの私は、はっきりとものを言うその性格や行動にとても刺激された。その年代の子供にしては珍しかったと今になって思うのは、彼女がこれは本物だとか、偽物だとかと、よく口にしていたことだ。

私は彼女の描く絵が羨ましかった。彼女のように描いてみたいと思った。どことははっきり言えないのだけれど、不思議な力があると感じたのだ。色が本当にきれいで、形はのびのびと豊かだった。それでいて神経が研ぎ澄まされたような微妙なニュアンスを持っていた。その頃の私にとって学校で教えてくれる美術の知識は目新しくて面白かったし、先生のデッサンも勢いのある魅力的なものだった。けれども彼女の持っている感覚は、より身近で大事なものだったと思う。

一緒にスケッチブックを持って、千葉の田舎をうろついたこともずいぶんあった。卒業する年の春休みは、初めてバイトをしてお金を貯めた。年が離れていて、もうしっかりとした大人になっていた彼女の姉と、彼女によく似た妹と、四人で千葉県を巡る旅行をするためだった。養老渓谷から九十九里浜、房総を歩いて回った。

私は青木繁の絵と出会っただけでなく、彼の訪れた場所を巡って歩いていたのだ。


私は中学の半ば頃から、思春期に入った。とても素直な、安らかな気持ちで、日々を送れなくなった。長い長い葛藤の期間に突入してしまったのだ。勉強にも身が入らず、何を見ても何を読んでも鬱々と考える、疑問だらけの毎日になってしまった。

私の生活はそれまでとても平和だった。家は戦後の高度成長期のサラリーマン家庭だったので、当時としたらごく一般的な育ちだと思う。それなのにどこか普通でなくなってしまったのは、身内に紛れ込んだ、かなり偏った遺伝子のせいだったのかもしれない。

父方の祖父は神戸に住んでいた。結婚して子供もできてから、神父になりたくて留学するような、考えてみればとても変わった、はた迷惑な人間だった。結局は諦めて戻ってきたが――そのために祖母からは、かなり馬鹿にされていたようだ――油絵なども描いていて、たまに個展を開いたりしていた。シャガールが好きだったようで、その展覧会の入り口にある看板の所で撮った写真が残っている。当時としては大変ハイカラな、おしゃれな姿である。

だが残念なことに彼の作品は、あまり人の心を打つようなものではなかった。生きている脈動とでも言うべきもの、温かさや生命力、さらには夢も、表現し切れなかったらしい。

祖父の連れ合いであった祖母は、その時代にしては珍しく音学学校を出て高校の教師をしていた。しかし寮生活が長かったのと母親に早く死なれたこともあって、家事はまるきり得意でなかった。長男だった父は専門学校を出ると、さっさと家を出た。

次男の叔父は、両親の危うい夫婦生活の中で里子に出され、そこで甘やかされて育ったと言われていた。実家に戻ってからは父親とそりが合わず、大変な思いをしたらしい。

お前のような女々しい奴は大嫌いだと言われていたそうだ。そのせいか性格的に弱いところのある、根なし草に近い風太郎のようなものになってしまった。でもそれなりに芸術家らしかった。絵も描いたし、文章も書いた。結核にもなったし、自殺未遂もやらかしている。舞台役者になったこともあり、奈良の奥床しい景色にはまったく不似合いな、当時はほとんど見かけられなかった金髪の頭で歩き回ったりもしていたらしい。

技術屋として生きた私の父には、そんな軟弱な生き方は理解できなかったようだ。自分は親からほとんど何もしてもらっていないのに、弟は母親にずっと養ってもらっている。なんて甘ったれた奴だ、くらいに思っていた。

叔父の方では彼の感じる情緒というものを理解できない堅物の父が、つまらない人間だと不満そうだった。「一緒に歩いていて月がきれいだね、と言っても、何も感じないらしいんだ」と、子供だった私にこぼしたことがある。確かに父は目的地を目指して、わき目も振らずに歩くタイプだった。音楽とスポーツを愛し、潔い、さっぱりとした人生が好きだった。

母方の伯父も、若い頃に絵描きを志した。こちらは親に隠れてこっそり勉強しようとしていたのに、父親に見つかって大事な画材を焼かれたという。いつの時代もそうだろうが、好きな道で食べていくことは難しい。ましてや家を継ぐべき長男が、穀潰しになることなど許されない、ひと昔もふた昔も前の話である。

祖父は裁判所の書記をしていた。小学校しか出してもらえない、貧しい農家の生まれだったそうだ。祖母の話では、かわいそうにその伯父は白墨にも彫刻してしまうくらい美術が好きだったそうだが、仕方なく堅い仕事を定年まで勤めあげた。

この母方の祖母は千葉の、かなりな地主の娘として育った。それなのに親から結婚など許されようもない、どこの馬の骨ともわからない貧乏人である祖父を愛してしまった。そして周囲の反対を押し切って駆け落ちした。

けれども、その惚れた夫はほどなく結核になって寝たきりになるわ、早死にするわで、大変な人生になった。祖母はその頃としては猫の額ほどの田畑に米や野菜をつくり、産婆をして生計をたてて子供四人を育てた。中年の頃の写真には、当然のことだが、とても厳しい顔で写っている。

この祖母と暮らした、幼稚園にあがる前の日々は私の黄金時代だ。やっとゆとりのできた祖母は孫たちに溢れる愛情を注いでくれたから。景色も今にして思えば信じられないほど美しかった。春には見渡すかぎりのレンゲ畑が遠浅の海まで続き、その先には富士山が見える。人生の幸せはこの段階で、すでにこれ以上は望みようのない状態だったのかもしれない。これだけ恵まれたのならば、後はどうであっても釣合いがとれるというくらいに。

私の長い混乱期の原因として、遺伝子の影響のほかに、入ってくる情報がある意味で矛盾していたということもある。戦後の民主主義の自由な思想のもとに、世界中の様々な価値観を内包している文学だの音楽だの、科学だのといったものが、なんでもかんでも許されて入ってきていた。

私の親が接してきた知識とは、まったく違う情報だ。なんといっても、親は戦時下で、修身の教科書で育ったのだ。

子供の好奇心から手近にあるものはわけのわからないままになんでも中途半端に拾ってみた結果、処理しきれない情報の断片が、山のように積み上がってしまった。あまり頭の良くない普通の子供には荷が重すぎた。罪も罰も悪魔も、みな呼び込んでしまったのだ。

それに加えて私は子供用に書かれたシートン動物記を繰り返し読んだので、人間の問題を熊だの鹿だの豚だのに置き換えて理解していたところがある。それで一段と難しくなってしまったのだ。動物並みの感性に馴染んだ子供のお粗末な思考回路に、全世界の根本的な問題が押し寄せたようなものだった。

だから私はとんでもない精神状態で生きていたが、もちろん傍目には、それほど変わっては見えなかったと思う。ほかの子とそれほど区別もつかないくらい。そしてほかの子も、多かれ少なかれ、同じような状況だったのだろう。

今となってみればそう思う。でもその時は、私だけに襲いかかってきた災難であり、呪いであると感じられたのだ。あらゆる矛盾が私に与える葛藤は、大げさに言えば悪魔との遭遇だった。徹底的にその不都合で醜いあらゆるものを退けるか、それともがっぷりと組み合うのか、決めなければならなかった。そして、私はなんでも目の前に来たものとつきあうしかない性格だった。心の中に悪魔も飼いながら、青春を過ごすことになった。それは呪いであると同時に祝福でもあったのだと、思えるようになったのはやっと最近のことだ。


この頃、芸術の評価についての疑問も、ついでのように生まれ出た。美術の教科書の表紙になっているこの絵はどこから来て、またどんな理由で評価されているのか。どうしてほかの絵と違うと言われるのか。当時、日本にやってきたツタンカーメン展を長蛇の列に並んで観た。

そのエジプトの黄金のマスクとは、どんな関係にあるのか。表している世界観、技術、また時代的な古さそのものが価値だ。貴金属自体も価値だ。でもこの材質的に弱々しい絵画は、どこにどういう価値があるのか。希望に満ちた、才能溢れる元気な若者がこのような絵を描いて、世に評価された。その絵には人間の生命の勢いが感じられた。それは凄いことだった。でも読んだ解説には「悲劇の」という言い方で、そこにゆゆしい問題があることを暗示していた。

その頃読んだ芥川龍之介の『侏儒の言葉』も、私に強烈な印象を残した。その後も人生の要所要所で思い出す。天才とは僅かに我我と一歩を隔てたもののことである、というところの文章を。その一歩の違いを理解できないために同時代は殺し、後代は香を焚くという認識を。芥川は何よりもその膨大な知識量が鋭い表現力と相まって、有無を言わせず天才と評価されるに相応しい人間だ。この世で安住しづらいと思われる、精神的にバランスを欠いたところにすら、説得力がある。

考えてみるとやはりその頃に読んだ太宰治の作品とともに――ほんのかけら程度にしても――私の心にしっかり喰い込んで、その色をつけてしまっているのかもしれない。そして勿論、何の人生経験もなく、ただ夢想だけで生きているような子供の心に、本当の理解などはありえないのだけれども。

現代においては天才という言葉自体が、あまり流行らない。科学力によって白日のもとに晒された人間の能力は、個人の特殊な力というよりは合理的な要素の集合によるものだと認識される。また、人が皆だれでも平等に評価されなければ公正を欠くという理屈も、もちろんある。私自身、そういう見方に異存はない。

もともとスポーツなどにおけるように、はっきりと目に見える圧倒的な差でもないかぎり、何かを正当に評価するのは難しいことだ。技術や訓練ならば努力次第で、誰にでも可能なことではあるし。

ただ、この世に生きる上でまったく不利になってしまう夢であっても見続ける、ということ自体が、すでにゲートに入ってしまっているということなのだと思う。夢を追うレースに参加するしかないということだ。

天才か、ただの馬鹿か、ということは問題ではない。そのようにしか生きられない存在である、ということなのだ。

私は高校に入って、さらに軌道を外れていった。その高校は、私の母方の祖母が通った学校でもあった。良妻賢母を育成するためにつくられた学校で、真面目な学校という定評がある。体操着も自分で作り、カボチャにとてもよく似た形のブルマーを、体育の授業で穿かなくてはならない。卒業した生徒が先生になって母校に戻ってくると、恩師がまだそこで教えているような、のどかな学校だった。確かに、おおむね生徒はとても真面目で大人しく、おっとりとした娘が多かった。たまたま私の通った時は、道を踏み外した生徒が多く集ってしまったということらしい。

入学してすぐに同じクラスの友達ができた。またしても私にとって初めてのタイプだった。社交的で弁が立ち、何をしても、すでに大人と同じくらいにこなせた。特に私とつきあう理由もなかったのだが、彼女は本が好きだった。そしてその感じ方や反応が、私とよく似ている所があった。使う言葉もほぼ同じだった。

皆、同じ世界に住んでいて、その中にある同じものを指している筈の言葉を使っている。

それなのに、どうしてこれほど違うのかと驚くくらい、人によって感じ方が異なっている。これでは別の世界に生きているのと変わりがないのではないかと思われるくらいに。

特にちょっと抽象的な概念や解釈になると、互いにまるで歯が立たない。善悪の基準もそうだ。要するに、ある程度は共通の環境のもとでの経験があり、そのうえ同じテキスト、あるいは辞書を与えられて育った仲間でないと、会話が誤解のないように進まないらしいのだ。もちろん、そのうえでなお且つ性格的に、また思想的に合う、合わないという問題はある。でも、少なくとも互いを理解し合え、調整に必要な場は持てる。

彼女は、私が説教じみたことを言った時だと思うが、「人間には、自由に間違う権利がある」と言った。私はその言葉に参った。成る程、その通りだ、と納得した。これは私たちの世代、しかもこの贅沢な時代だからこそ出せる言葉かもしれない。少なくとも生きるだけで精一杯の社会では、まずあり得ない言葉だ。

現在に至るまで、この地球上には数知れぬ紛争が終息することなく続いている。その根本にはやはりこうした問題があるのだと感じる。ものの感じ方、生存するために必要な法則といった共通の要素や人同士の親和力はあるにしろ、その理由や納得の仕方が多種多様にあるということなのだと思う。

私たちはどちらも学業を放り出してしまった者同士だった。授業中でも平気で本を読み、勝手に寝、先生をないがしろにする問題児だった。彼女の方は外見からして、他の子とだいぶ違って目立っていたが、私は一見しただけでは普通に近かった。でも内面は同じようなものだった。この時期、先生方の驚異的な包容力に恵まれなければ今頃はどうなっていたか、見当もつかない。極端に甘やかされた生徒だったことは間違いない。

この高校の友人の父親は東北の、鉄道を引こうとしたくらい有力であった一族の出だという。学生の頃から芸者遊びができるような育ちだったらしい。それであまり性格は強くないのだと、彼女は言っていた。でもその父はたった一人の娘である彼女を、それは可愛がった。色白で利口な彼女は父親の宝物だった。私にとってはつきあっていて決して飽きない友人だった。

その父親の従兄弟の家は、私でも名前を聞いたことのある、著名な文化人を何人も世に輩出している。それらの人たちの中には、私が名前を知らなかった画家もいた。その人の遺作展を銀座でやっているというので、一緒に見に行ったことがある。

洒落た、近代的な絵を描いた人なのだという。昔はちょっと名を知られた絵描きで、もてはやされた時代もあったのだと。見に行ったのは兜屋画廊だったと思う。小品が多かったように覚えているが、かなりの数が展示されていた。明るい色の、幾何学的なデザインの静物画がほとんどだった。それほど力の入った感じではなく、売り絵として定着したスタイルだったのではないかと思う。

彼女とはそれからもずっと友人である。中学の友達ともそうだが、友人と言うよりはもっと近いもののような気がする。でも、いつも会えるという状況にはならない。その時々の人生軌道が、一緒に過ごすことを許さないのだ。皆それぞれに自分の課題があるのだろう。

どうも与えられたものに素直に従えない質の私は、我が儘なのだと思う。皆が安心できる常識から外れたものばかりを吸収してしまうという、とても褒められない傾向を持っている。そういう資質もあるが、やはり原点に中学以来持ち続けた疑問がある。

どこからも後ろ指を指されることのない生活をする立派な市民がいる。そしてもう一方には極端な性格や偏った環境によるものか、落伍者や犯罪者、世を拗ねた者になったりして反社会的と言われてしまう人種がいる。不都合だと、悪いと言われようが、すでに存在してしまっているものなのに、知らないふりはできない。いなければいいとも単純には思えない。やはり自分の一部のような気もする。

そして明らかに芸術家はその境界線上に生きている。多くの人が感情や感覚を揺さぶるほどの作品を求めて、金を出して本も読み、わざわざ美術館などにも見に行く。それなのにその制作者のあまりにも多くが、生前は普通の立派な人と言われていない。まともな人たちはその人格や生活態度を非難するけれども、その変な偏った人生の成果である作品については高く評価する。正常で立派な人というだけでは決して生み出せない、感情の振幅のありすぎる、だからこその苦しみや喜びが溢れ出した作品が感動をもたらすことを、知ってか知らずか。

いや、知っている人ははっきりと確信している。その人生自体までを入れて評価するところをみれば。大抵はその人がこの世を去ってからのことだが。

過剰に反応する感覚器官のために動じやすい心――この言葉はゴッホが自分自身でそう言っていたのではなかったか――は、人に馬鹿にされやすいのだ。

私には世間に対して、普通の人に見えたいという欲求がある。仲間として認めてもらえなければ、安心して生きてはいけないのだから。でも不思議なのは、とても変になれるほどの感性や才能が、たとえ奇跡的にあったとしても表出できないような人間らしいのに、考え方や人生の方向性は普通でないという、リスクだけを背負ったその在りようだ。

ちゃんとした羊の群れに入ってその仲間のように見えていたのだけれども、気がつくと端の方の、柵が壊れたあたりにいて、野放しになっている無法者の仲間らしくも見える。

このポジションが私の運命なのだろうか。そのイメージはあまり意気のあがるものではない。

どうにかこうにか高校を卒業させてもらった私は、専門学校に入った。東京の洒落た、華やかで楽しそうな世界に、一度は浸かってみたかった。もしかしたらよその誰かから見れば、楽しそうな若者と思われたかもしれない。しかし実態はとても半端でみっともないものだった。確かに人とのつきあいも多少はあり、ちょっとだけ賑やかだったり、楽しかったりした面もある。でも自分のなりたい姿もよくわからないうえに、沸き返るような疑問や葛藤はかえってひどくなってしまった。私の女性の美しさに対する憧れを具現しているような友人ができたことが、そこでの私の最大の成果だった。

やっとの思いでそこを卒業はしたけれども、まだどうしていいのかわからず、その頃ちょっと余裕が出た両親にねだってみた。ただ遊ぶというのは許されないだろうから、学校に入りなおしてもいいかと。とにかく努力の大好きな親は、二つ返事で許してくれた。

もちろんバイトをしていなかった時期はなかったし、家賃も四畳半で二千円というような時代だったからできたことだ。どうにか引っかかった美術の学校に入って、今度こそ孤独に、納得がゆくまで悩んだ。いや、結局は納得いかなかったのだが。

芸術表現と恋

様々な時代の形式や思想的な背景など、有り余って漠然とした情報を整理できない状態が続いた。自分の手法を絞り込めない甘さもあったし、そもそも何を表現したいのかがわからないのだ。

例えば、私が最初に静謐なイメージに惹かれて西洋の古い宗教画のような絵を描きたいと思う。しかしその成り立ちについても、また技法に対する知識もろくにないまま始めるものだから、まずその型がまるっきり崩れている。そのうえ、眼がそこいら中で見かけて覚えている、印象派だの野獣派だののタッチに乱入される。そのうちには見るも無残にこねくり回された、とんでもない画面が現れてくる。国も、文化も、時代も、どれ一つとして絞り込めない、カオスと化した私の表現欲が、ずるずる、だらだら、作品のなりそこねを垂れ流す。そんな中で一度、不思議な体験をした。

学校で油彩画を描いていた時のことだった。男性のモデルを真中に、皆がイーゼルを立てて、キャンバスに向かって描き始めていた。面白いモデルさんで、自分で工夫したポーズを作ってくれる筋肉質の人だった。演劇でもやっていたのかもしれない。その動きがとても素敵で、私は夢中でデッサンしていた。

その時、もちろん描き始めの、限られた時間ではあったが、非常にうまく作品がまとまった。我ながらうっとりと眺めたのだが、ひょっと青木の名が頭に浮かんだ。彼の作品にちょっと感じが似ていたのだ。それまでも、私は最初のイメージだけは自分でも、わりあいはっきりと形に掴めると思っていた。その感覚は中学時代から、青木の感性に通じるものがあるような気がしてもいた。しかし、それをそのまま完成させるだけのテクニックも、理論も、パワーも持ち合わせていなかったのだ。当然その時も、その魅力を持続させたいと願った画面だったのに、急に私の目が見えなくなったように、方向を見失ってしまった。

混乱した上塗りを繰り返したあげく、一瞬見えたと思ったその輝きは、土泥《どでい》の中に埋もれてしまった。

青木の名前をここで出すなど、おこがましいのはわかっている。でも、その時の雰囲気はちょっと変わっていた。後ろで誰かがじっと見ていたのを思い出す。何かしら注意を惹くものがあったのだと思う。青木の名そのものが頭に浮かんだのは、中学以来この時が初めてだったし。

絵のパワーというか、生命力といったものは、とても説明するのが難しい。現実の形なり色なりに似ていて、本物そっくりに表現できるというのはもちろん力だ。誰もが心を打たれ、感嘆する。現実と向き合った時の感動を、二次元の画面に見出すのは驚異だ。そうした表現を可能にする眼と技術を持つ画家は尊敬される。

しかし、完璧なデッサンというのでもないのに、生命力を持つものもある。様々なタイプがあるが、本人の生命力そのものが踊り出て、放射する力を感じさせるものもある。どこから湧いて出るのか誰も知らないイメージの乱舞を見せてくれるものもある。その視点なり、作家が感じた魅力なり、その捉えた感動を即、伝えられる力というものもある。最後には受け手と作家の共鳴作用なのだと思うが、似た感性のもの同士で引き合うのは確かだ。

強烈に受け止める受け手がいればいるだけ、その作品は時代を超え、世代を超え、人間のタイプまでも超え、共感を呼ぶようになる。その時代に社会を取り込んでしまうほど流行ったものは、関心を持たない人に対してもそういう捉え方というか、流行の見え方に眼を慣らしてしまうまでの力を持つ。

私は迷惑な学生だったと思う。最後の最後までいいかげんで、卒業制作さえ置き去りにするような、恥のかき捨てという卒業だった。

しかも、女としての甘さもあった。一人の孤独にどれくらい耐えられるのかが、自分でもわからなかった。身体は発情期の雌猫なみに、動物的なエネルギーを発散させたがっている。しかも、もう一人の冷静な自分がいて、私の持っている好奇心や表現へのこだわりが、普通の男性との関係においては邪魔になるのがわかっていたのだ。男の人がどれくらいのエネルギーを賭けてこの世で戦わねばならないのか、私にはわかっていた。相手に合わせられる女でなければ、男にとって共に生きるのは難しいということも。私はあまりにも偏っていた。おまけにすべてが中途半端だった。

地味なのに、感情的にとても浮き沈みの激しい青春だった。長いことうろつき回り、旅もした。最後は残業が月に百二十時間を超える印刷関係の仕事もした。週休一日ではなかった時代だ。この肉体的に限界すれすれの仕事では、しかし、精神的に救われた。素朴で温かい人たちが揃っていたし、やっと長いトンネルを抜けた感じがした。そこでは人間らしい心のやりとりがあり、次に進めるだけの気持ちのゆとりが蓄えられたのだ。

「君は幸せ者だよ」と、職場の先輩が言ってくれた。「早くいい人を見つけな」と。

二十歳頃のことだが、電車の中で隣に座った人に声をかけられた。私には年配のおじさんに見えた。その人がいきなり「君はとても素敵な耳の形をしている」と言うのだ。仏頂面で私は、たぶん猜疑心も顕に睨んだのだと思う。でも、どうしても掌を見せて欲しいという。かなり抵抗した後で、しぶしぶ手を出して見せた。そちらはきっとあまりパッとしなかったのだろう。ずいぶん迷っていたようだった。あげくに、「あなた、出会う相手を大事にしなさいよ」と言った。「変なおじさんが、そんなことを言っていたことを、覚えておきなさいよ」と。出会う相手と言っても、そのことを忘れるほど長い間、それらしい人は現れなかった。

それでも、変わった相手と会ったことはある。自分の親より年上、いや、祖父と言ってもいい、杖を突き、入れ歯で鬘の年寄りと、一瞬だが共感して結婚を考えた時もあった。

明らかに何かの縁を感じる作家で、今でも時折古本屋で名前を見かける。

哀しい、迫力のある人生を精一杯に送ってきていて、最後はちょっと幸せを味わってもらいたいと思わせたのだ。でも親に腰を抜かされても困るし、絶対に子供に恵まれないのはわかっていた。そのうえ財産で釣ろうとしたので、完全に諦めた。もちろん若い、苦労知らずの頃の話だ。実際に苦労した後だったら、例えば今であれば、もっと真剣に考えるに違いない。

それからまたずっと後に、会った途端に不思議なバイブレーションを感じたと言ってくれた相手がいた。あまりにも孤独だったので、その相手は実はまだ精神的に一人前でないような気がしたが、とりあえず人生を賭けてみようと思って訪ねていった。でもタイミングが悪くて会えなかった。私のちょっとした用心深さが、会う時期をぶれさせた。

一人で取り残された私は虚しい気持ちを持て余し、屋根が円形に白く光っている教会の階段を登った。そして抜けるような青空に向かって、「生きていれば、ちょっとはいいことがあるんでしょう?」と、少しは夢のある未来をねだった。

仕方なく、仕事に生きるしかないと覚悟を決めて、職を探した。これならいいかもしれないと思ったのは、影絵の劇団の募集だった。まだ大学生の人が制作した影絵の劇を、幼稚園や小学校を回って上演する劇団で、Y駅のマンションの一室に事務所があった。小さいところだし、安い給料なので、応募するとすぐに採用になった。八月の終わりから九月の初め頃までに募集があって、面接に行った次の日から出勤ということになった。

その面接の日には、すでに前日に採用が決まった人たちが働いていた。そのうちの一人の女の子が、髪の毛が長いことしかわからない、後ろ姿の男の人について教えてくれた。

「あの人は画家なんですって。こんな作品を描いているんですって」と言って、一冊の画集を渡してくれた。それは彼の二十歳の誕生日を記念して作られた画集だった。

ちらっと見ただけで、とにかく私は驚いた。これほど大胆な鋭い表現で、これほど美しい自由な絵が描けることに。明らかに私のいる所と次元が違っている。そこに吹く風は別の世界のものだった。それまでに見たどんな絵とも似ていなかった。私の求め続けていた解答が、はっきりと一つの形として存在していた。決まりごとだと思っていたことが簡単に砕け散り、天井が吹き飛ばされたような衝撃だった。それは人間同士、男と女といった結びつきの問題ではなく、魂が否応なく磁力で引っ張られ、貼りつけられた瞬間だった。その時はまだ、描いた本人の顔すら見ていなかったのだが。

翌日になって会った彼は、髪の毛が長いだけではなく、ちょっと変わった顔をしていた。

どうしても普通の人には見えなかった。私とは別の種族の人間に違いないと思った。画集を見ていなければ、とうてい縁はなかったろう。おまけに、すでに結婚していた。

それでも秋のシーズンに向けて準備する日々のうちには、作業しながら話をする機会が山ほどあった。彼の話はおもしろかった。私のために、この世界のつくりを改めて解説してくれているようだった。慣習や道徳、芸術に関しても、それまで知らず知らず常識的に思い込んでいたことが、まるで見当違いだったように形を変え、私の中で組みなおされた。

その時に、変わった少年の作る瓢箪の話も出た。その子は家族からも、学校の先生からも、碌なものではないと言われて叱られ、磨き抜かれた瓢箪は父親の暴力によって破壊されたりもした。しかし、出すところへ出したなら、実は周囲の大人の想像をはるかに超えた、桁違いの価値を持ったものだったという話だ。後になってこれは、志賀直哉の短篇の一つであることを知った。

彼はものの見方の切り口が、明らかに人と違っていた。実は私が憧れていた、冷静で、大人で、教養溢れる好青年などでは決してなかった。この社会においてはむしろ異端で、不良で、どこか違和感を覚えるような所があったことは確かだ。それでも他の人には知り得ないことを把むなんらかの能力が、彼には備わっていると感じた。何よりも私の中の、それまで何のために持たされたのかわからなかった、普通の生活においては余計な部分が、彼と一緒にいることで急に存在価値を持ったことが嬉しかった。

しかも彼は、青木繁と宿命的に因縁のある家の生まれだった。彼の祖父が青木と親友で、ブリヂストン美術館にある絵も、もとは彼の家にあったのだ。青木は不遇の、狂人とも言われるような暮らしぶりのあげくに亡くなった。天才だと認めていた友の作品を、彼の祖父は田畑を売り払って作った金で買い取り、散逸することを防いだのだ。そのために準禁治産者として廃嫡されてもいる。

その祖父自身も激しすぎる、偏った一徹者であったため、家族は大変な思いをした。友人、知人とのつきあいも難しかった。最後は孤独に無念の思いを抱いて亡くなったらしい。天才と呼ばれるような人間に連なる者の人生の難しさを、私は初めて知ったわけではないにしろ、近親だった生身の人間からじかに聞かされたのだ。

彼はその祖父に対する思い入れが強かった。名前も祖父につけてもらったのだという。

父からも芸術についてはこれ以上ないほどの薫陶を受けていた。小学生の時に「私は画家になりたい」と言ったのに、先生は「私は馬鹿になりたい」と聞き間違えたそうだ。

そして高校時代に、描いていた絵が認められて、華々しくデビューした。血筋からいっても無理のない話だが、画商さんがこぞって買い上げた。箔をつけるためにフランスにも留学した。しかし商業ベースにも素直に乗れないので、迷っていたところだった。描きたいものが、人生の時期によって変わってきてしまうと言う。安定した売り絵の供給はできない性質だったのだ。

ものの価値に対する評価は、捉える角度が違えばまったく意味が違ってしまう。この世のあり方として、同種の仕事なり、活動なりの中に、まるで別次元のものと言っていいくらい違う種類のものが混在している。私はもちろんすべてに意味があり、どんなものにでもかけがえのない価値があると思っている。けれども人が命を賭けたものにはそれだけのエネルギーがあるし、混じりけのないものにはその威力があることを知っている。

私が理解したのは、彼が彼自身にしか表現できない心象世界を持ち、それをこの二次元のキャンバスのうえに定着できたということだった。私にとって、それはどんなことより素晴らしいことに思えた。やはり私は同じ病に罹った女だったのだ。病と言う以外、他にどういう言い方があるのだろう。

秋の文化祭のシーズンに備えて、マンションの屋上で人形や器材を修理したりしながら、互いに知り合うのに十分な時間があった。とにかく話が噛みあうので毎日がとても楽しかったが、彼が結婚していることもあり、適度の距離はあった。

そのうちに本格的な観劇シーズンがやってきて、劇団員は二台の車に分乗して各地を回り始めた。合流することもあった。そのうちに彼の結婚の綻びもわかってきて、私はちょっと気が緩んでしまった。やはり彼の芸術に対する理解によって成り立っていた関係だったが、彼のその結婚では子供は登場していなかった。私の気持ちの中にはもちろん道義的な罪悪感はあったが、それ以外に引っかかる所はなかった。彼がその関係は終わっていると言えば、それで済む問題だったのだ。二人して恋の道行きを決行してしまうのに、それほど時間はかからなかった。

そしてその決意を悔やむだけの余裕すらなかった。異性からそれほど必要とされたことがなかった私は、その成り行きの正当性に何の疑問も抱かなかった。恥も外聞もなく引き寄せられてしまった男女は理性も吹っ飛び、もはや怖がることなど何もないのだ。

「君は何のために、ここに来たのかね」と、彼は劇団の幹部の人に聞かれたそうだ。もちろん、私と出会うために来たのだ。考えてみれば、それは結婚とか、入籍とかとは別の次元の話だった。

たんに決まっていた相手に出会ったということなのだ。後になって彼の言うには、よく世間で言われるように、病気に罹っただけだということになるのだが。でも確かに、私は騙されたわけではなかった。自分が何をしているのかは十分わかっていた。

しかし、それからが大変だった。なんといっても互いに孤児ではなく、親兄弟はいるのだし、ましてや彼は前の結婚が解消されていないのだ。私の親とはすぐに絶縁状態になった。

しばらくの間は、単に家を出ているというだけの状態だからまだ楽だった。しかし、野合のツケはすぐに現れ、子供ができた。これは重大な事件となってしまった。本人たちだけなら構わなくとも、子供となったら皆が気をもむ。彼の家にとっても、本来なら跡取り息子の子供だ。私の家でも母はもう心配で、いきなり白髪になってしまった。

私は自分の身体について意外に無知だったので、つわりということにも気がつかずにいたが、母は赤ん坊の夢を見たそうだ。その頃、未婚の母になる女性のドラマをテレビでやっていて、母が将来のために見ておきましょうかと言ったら、父はこの現実だけでたくさんだ、と怒鳴ったそうだ。母は自分の親類や、彼の親族に対する立場のなさに泣いた。もとの奥さんに対しても申し訳ないという気持ちから、私を訪ねても来られなかった。でも彼の母とは会って話をし、あちらの母が私を訪ねてくれたことにはとても感謝していた。

本人たちは、皆が迷惑するのだから今からでもやめましょう、というような状態ではない。

前の相手が納得するのを待つしかなく、他に手立てがあるわけでもないし、慰謝料を払えるほどの収入もない。私はつわりがひどくてアルバイトもできなくなっていたし、彼にしても絵を売って作れるお金など多寡が知れている。

最初のうち、私がしていたアルバイトもわずかな収入源にはなっていたが、彼の方にもやはり多少の収入があった。彼に画商さんがついた時に、そのくらいなら自分が出すと言った彼の父から、彼に支払われるようになったものだ。でも不倫した上に子供までできた息子に、いつまでも渡せるものではない。おまけに、その頃描いていた絵はあまりにも斬新すぎ、もともと描いていた繊細な画風からはかけ離れていた。要するに、その時点で売れ筋の絵ではなかったのだ。

結局、彼は外に仕事に出かけた。即、お金になる仕事として、外で肉体労働の仕事についた。毎日鉄板入りの靴を履いて出かけ、帰ってくると足はぱんぱんに腫れていた。でもこれが、縁のある仕事だった。

この会社の創業者は北方の貧しい育ちだということだが、勉強家で、精神力と根性が半端でなく、荒くれ者の男たちを引きずりまわせるだけの、そして心服させるだけのパワーの持ち主だった。圧倒的な父性というものを体現したような人物だったのだ。創業者の発散させている気力、潔い行動力や明快さ、誰にも自分のすべては読みきらせない頭脳、さらには人間としての一途さに負けた。男として意気に感じ、ついていく気にさせられたのだ。

今考えるとその創業者の尋常でないパワーがあったので、彼はこの社会に、地上に、曲がりなりにも所属させてもらえたのだと思う。時代は右肩上がりで、得点ゲームに参加すれば、成果を十分に期待できる商機が整ってもいた。

その頃までには、彼について少しずつ、いろいろなことがわかってきていた。彼の家庭環境も含めて。かなり複雑な育ち方をしたために、社会に出た彼は経済戦争であるにしろ、戦国時代に向いた人材でもあったのだ。

彼が家で絵を描いていた頃、また、現場の仕事に出ていた頃の貧しい生活は、それなりに家庭は安定していた。私は家具屋の裏に捨ててある家具を拾ってきては、ニスやペンキを塗り直して使えるようにした。やはり拾ったラバーのクッションにカバーをつけた。消極的に稼いで倹約したのだ。食費も被服費もほとんど使わなかった。昔、私の父が「お前は地形《ちけい》地物《ちぶつ》を利用するのがうまい」と誉めてくれただけのことはあり、私は貧乏に強かった。父の使ったその用語は、軍隊用語だったらしい。兵隊に取られて、戦争で身につけたのだ。私たちの生活は、今考えるとまったくの戦闘状態だった。よく考えると現在におけるまでずっと、命がけの戦闘状態に変わりはないようだ。

彼を紹介した時、中学の時の友人はとても好意を感じてくれた。彼の画集にも素直に共感してくれた。

高校の友達も喜んで賛同してくれた。彼女はこの連れ合いと兄妹といってもいいくらいに、ほとんど同じ感性を持っていた。最初から知っていたように話が合った。そして彼女の親戚である菅野圭介という画家は、彼の父から最大級の評価をされている作家だったということもわかった。

子供がお腹にいる時に、祖母が訪ねてきてくれた。「お前のお母さんは、気が小さくてねえ」と言いながら、うなぎをご馳走してくれた。洋服も買ってくれた。なんという有難い祖母だったことか。私はなんという、とんでもない孫だったことか。姉も迷わず訪ねてきてくれた。私は自分の家族に対しては、奪い取る一方の我儘娘だった。

彼の母と姉も訪ねてくれた。それからは手紙もくれるようになった。母は九州のお国言葉がそのままの素朴な女性で、私にとって気持ちのよくわかる、温かい母だった。姉も頭の回転が早い、弟や妹思いの誠実で優しい人だった。

子供が生まれた頃には、彼は会社の内勤者になっていた。毎日の帰りはとんでもなく遅くなり、ばりばり仕事をしていた。それで、私たちにとって初めての子供が産まれてこようとする日は、誰も傍にいないうえに電話もなかった。真夜中に破水した私は、紙袋に詰めて用意してあった荷物を持ち、通りでタクシーを拾って病院へ行った。逆子だったので、生まれるのに翌日の昼までかかった。あまりのつらさに、今からでもやめられるものならばやめようと思ったくらいだ。でもそれほどつらかったのに、大きな眼をした小さな赤ん坊を見た時に、すべて忘れてしまったのだ。

幸せだったのは私の両親にしても、子供が生まれて何ヶ月かたった頃からはその可愛さに負けてくれたことだ。私が写真を撮ってはブロマイドを送りつけたので、誘惑に逆らえなくなったのかもしれない。病気だと言えば車を出し、都合がつけば何日も預かってくれるような、甘い祖父母になってくれたのだ。この援助がなければとうてい乗り切れる日々ではなかった。

彼は子供をそれは可愛がった。それだけでも私は幸せだった。時折生活におかしなところが見えても、その時にはそれほど問題だとは思わなかった。でも普通の家庭人としたら、かなり変わっているのはわかる。もとより私は、比較的安定したサラリーマンの家庭しか知らなかったのだ。それからの生活は、まるでジェットコースターの、前も見えない最後尾につかまっているようなもので、上っていこうとしているのか、急降下しているのか、見当もつかないものになった。

まず、彼の仕事の感覚は、戦国時代の武将のような在り様だった。夜討ち朝駆けの滅私奉公で、手柄を立てるためには命を賭け、妻子など構っていられない。どれほど眠れない日が続こうが、どれほど持てるものを捧げようが、戦果を上げるためには問題ではない。仲間の志気を高めるためにはすべてを投げ打つ。

仕事なのだけれども、まるでパチンコに入れ揚げるように、すべてを注ぎ込んだようなものだ。でも基本的に、確かにこの世の仕事というものはある種の博打のようなもので、生き延びること自体と同様に、あらゆる手を尽くしても運がなければどうにもならない。

情報を握ったものが有利ではあっても、そして努力が大事ではあっても、それがすべてではない。その熱気と、得点ゲームに賭ける純粋なやる気が、彼にツキと運を呼ぶ。それはやはり男として、生きていている甲斐のある喜びであったに違いない。

しかし、家族の生活を豊かにすることはまるで考えていないので、家計はいつも自転車操業だ。番犬のように家を守る、妻子のために餌を咥えて家に帰る、そうしたイメージが、本当に吐き気がするほど嫌なのだと言う。

彼の育った家の事情もその頃にはかなり理解できていた。その時はまだサラリーマンだった彼の父は、それでも筋金入りの芸術愛好家だった。祖父は他人からは狂人と言われながらも全財産を、すべての情熱を、当時は評価も定まらない青木の遺作に賭けて、信じる芸術に殉じようとした家である。本当の芸術家は生活破綻者である、という認識がしっかりと骨身に染み透ってもいた。私たちの家庭生活の問題は、ほとんどは彼の、家庭というものに対する拒絶反応から起こった。それは彼自身の家が抱える葛藤から来ていたということもあった。

お金を貯めるということに、本能的とも言える嫌悪感があり、とにかく持てるすべてを吐き出そうとする。彼の働きからいって決して低くない収入は、流れ込んでくるとともに消え失せる運命にあった。返してくれる当てもない相手に貸して、踏み倒される。山ほどいる部下たちに奢るし、賭けごともする。財布は落とすし、とにかくきれいになくなるのに手間はいらない。入ってきた時にはすでに羽が生えているようなものだ。

生活のための最低分を取りあげることが、私の一番大事な仕事だった。家庭は彼の精神構造上、倒産寸前の会社のようなものなので、私は従業員として生活費を真っ先に差し押さえなければならないのだ。それは海岸に波が押し寄せては、次の瞬間にザーッと引いていくのに似て、後にはゴミしか残らない。子供たちの小遣いは、お父さんのポケットから落ちた小銭を拾ったものだ。子供は外でお小遣いについて訊かれた時、正直に答えて恥を晒した。いつもお金に困っているので、彼らの祖母がレストランに連れていった時も、帰りの電車賃は大丈夫なのかと大きな声で尋ねて、まわり中から哀れみの眼差しで見られたそうだ。

でも不思議なことに、子供のために必要な最低限は残った。安心するために貯めようとすると、きれいになくなった。要するに彼は、満ち足りた平和な家庭というものに耐えられないのだった。生活を楽しみ安定することを許さない本性があったのだ。でも私がそれを理解したところで、難しさも不都合な状況もなくなるわけではない。家族から見れば立派な破綻者には違いなかった。彼なりに必死でバランスをとっている姿ではあったが。

それを私が許せたのは彼が子供や私に対して、また、仕事の仲間に対して、とてもわかりやすい愛情を持っていたからだ。彼は泣き止まない赤ん坊を抱いて、一緒になって泣いていた。つらい仕事をこなす仲間とのつきあいに、自分の都合を持ち込むことはまずなかった。

一晩中、私の痛む腹をさすってくれたこともある。翌朝になって病院へ行ったら、白血球の数値からいってたぶん盲腸炎か何かだったらしいけれども、何故かもう治っていますね、と不思議がられた。

籍も入っていない状態で、子供は三人になった。最初の子はもう何の疑問もなく産んだが、さすがに次の子の時からは、はっきり言って自信がなかった。でもそのあたりは大家族が当たり前だった昔の中国かどこかの、もしくは飢餓の横行する明日をも知れない国の、とにかく産んで増やさなければという感覚と同じなのか、授かったものはとにかく産んでくれと言う。結果的に、それは私にとって何よりの幸せであったけれども。

子供が二人になってから引っ越した場所で、とても有難い隣人と廻り合った。当時は夜間中学の先生をされていた奥様と、大学病院の医師として勤務なさっていた旦那様である。

じつはこのご家族は、私が中学の時の友達と七、八年会わなかった頃、その友達の家の隣に住んでおられたのだ。私たちが実家の傍に移ることになった時、その方たちが前の年に越してきていた家の隣に住むことになった。ご丁寧にも、その前に入ろうと決めかけていたマンションにも、住んでおられたことがあったそうだ。

実家の父が癌で入院した時も、彼が結核に罹った時も、ご主人に診て戴いた。奥様は私の見逃していた子供の病気に気づいてくださった。塾を開かれた時からは子供全員、面倒をみて戴いた。とにかく私が人生の岐路に突き当たる度に、お世話になっている。

十年近くたってから籍が入ったが、もともと梅野の両親は子供が産まれた時に、訪ねてきてくれていた。義父はその頃にはサラリーマンだったが、温かい、エネルギーに溢れた人だった。芸術の話になると、情熱的にその感動体験を語る。好きな絵や美術品の蒐集には目がなく、とても普通には出会えない美しいものを集めていた。良いものに廻り合うための努力を惜しまず、感動すればすぐに、その喜びを素直に表した手紙を出すような人だった。この芸術に対するのめり込みと、息子の作品を語る時の興奮ぶりは、私に最初から強い印象を残した。

ただ、息子の若い頃の作品を彼の最高の芸術として評価するあまり、画風が変わってからの作品にいたっては「お前の晩年の作品」と広言してはばからないくらいだった。

でも総じて私との相性はとても良く、楽しい思い出がたくさんある。何かの折に私たちの関係について、とても羨ましいと言った言葉が忘れられない。夫婦して同じ興味を持って話ができるということに、さらには一度結婚していながら、次の女と一緒に暮らしていることに。自分の時はそんなことは許されることではなかったから。本当は今でも許されているわけではないのだが。

盆暮れも一緒に呼んでくれ、彼の姉妹の家族とも一緒に過ごさせてもらった。みんな私にまったく気兼ねを感じさせなかった。そしてとにかくエネルギーに満ち溢れていた。私にとってはどの人も、心が開け放たれた状態の、愛すべき家族だった。

私は人と接していて、感情が電流のように流れるせいなのか、胸のあたりに何か痛みのようなものを感じる時がある。泣き出しそうな感じに似ていて、でも気持ちはいい。深く何かを共有し、一緒に脈動しているようなのだ。確かにこの人たちに対して、そういう幸せな痛みを覚えた。

しかし、ふとした拍子に、父と息子の間には鬱屈したエネルギーのあることがわかった。

芸術的な感性において、親子ならではの共鳴性がある。それ故に互いに双子のようにわかり合う所と、また、同じ場所に共存することを困難にする反発力も持っていた。それがどういう形でいつ噴き出すのか、時々に振り回されるまわりの人間にはよくわからなかった。

義父と義母の間にも、常に大事にしたいものの優先順位をめぐって葛藤があったが、そこには本人たちにはどうすることもできない芸術至上主義の価値観と共存することの難しさが根底にあった。それらの問題は、何かの拍子に日常生活の表面に浮かび上がっては、時おり爆発を起こした。

籍が入った後で義父が、実は梅野家の悲願として美術館構想を持っているのだと打ち明けた。誰かが学芸員の資格を持たなければならないのだと。義父は時代的な制約もあって高等専門学校しか出ていないことになってしまうので、私の方が早く取れると言う。

自分も挑戦してみたいので是非二人で頑張って取りましょう、と。けれど資格の単位修得の中に体育まであって、マラソンや水泳をこなさなければならず、心臓に負担がかかってしまったため、義父の方は諦めざるを得なかった。

義父はブリヂストンに勤めており、私と最初に会った時は大阪に住んでいたが、退職して、もともと住んでいた横浜近くのマンションに暮らすようになった。

そして、それまでは趣味の枠に抑えてきた美術品蒐集を、画廊経営という仕事に昇華させた。私は三番目の子供が保育園に入れる歳になってから、その画廊を手伝うようになった。

さて、ここからが考えどころだ。この家はどこの家庭にもある、そしてどこの家庭にもあるわけではない様々な問題を抱えている。私はもちろん格好よく書きたい。愛する人たちではあるし、じつに面白い家族だ。しかし、どう書いても、楽しく面白いだけの「美術館奮闘記」などにはならない。むしろ似てくるのは泥沼化した裁判沙汰になって、派手に週刊誌に書き立てられ、新聞種にもなってしまった芸能人や有名人のような、体裁の悪い醜聞だ。

ここでは、例えばゴッホとゴーギャンのように、耳を切り取って送りつけるといった、気が狂ったような行動にでる芸術家たちについてどう考えるか、だ。その業績に対して評価が確定している場合、それは興味深いドラマとなり、崇高な芸術のための気高い、とはいかないまでも許され、理解される振る舞いとして記録される。彼は人間としても立派な芸術家として、歴史に残るのだ。しかし、どのみち彼のこの世における人生は、とにかく大変なものになる。

彼は私と出会った時、その真価を理解されて、絵が描かせてもらえると思った。私は私で描かせてあげたいと思っていた。でも出会ったなり情熱に駆られて盲目的に愛し合った結果、当然のように子供ができた。彼は「絵を描かせてくれる筈だったのに、変だな」と言う。

もちろん双方にとって、そんな筈ではなかった。それからは、日々追いまくられ続ける生活になってしまった。しかも家庭生活にはまったく向いていない連れ合いと共に、子供たちを育てなければならない。実に困った大黒柱ではあっても、彼は幼い子供には甘く、仏様のような父親だったので、母親である私が恐ろしい鬼の役と生活苦を、一手に引き受けることになった。

私が子供を怒鳴り散らす声はあまりにもひどく、実家の二階に転がり込んでいた頃には、父親が駆け上がってきて、「子供はともかく、お前さんの声はなんとかならんのか」と叱ったくらいだ。確かに私の未熟な子育てにも欠陥があったが、生まれてきた子供たち、いや、その父親も、私にとっては今まで遭遇したことのない未知の生物に違いなかった。

シートン動物記に多大な影響を受けている私は、ウサギのお母さんのように子育てをしようとする。キツネが来るからじっとして切り株に化けるのよ、と教えようとする。そうすると子供は「キツネってなあに？」と大声で訊き、じたばた反抗する。もちろん説明しても理解できない。教えている間に食われてしまうではないか。怒ると、鬼のように怒られたことは覚えていても、何で怒られたのかはわかっていない。この地上ではとても長生きできそうもない子供たちなのだった。言葉は何の役にも立たない。画像か何かをテレパシーで伝達しなければいけなかったらしい。私の忍耐力は極限まで試される。子供のことを彼に訴えると、「いい子じゃないか」と言う。その彼自身も、子供と同様にとても怪しいのに。

一度、子供の一人が近所の駐車場に停めてある車の屋根をすべり台にして、車の持ち主に怒鳴り込まれたことがある。しっかりと足跡がついていて、子供はすぐに白状した。ひたすら謝った上、一緒に遊んでいた友達の親と共に、修理代を払うことになった。帰ってきた彼にそのことを興奮して報告すると、「それどころじゃないんだ。今日、俺もそれと同じ金額を落としちゃったんだ」と言うではないか。愕然としたが、その親と子で倍加した不始末は、髪の毛を逆立てて怒ってみたところで、どっちみちなんとかしなければならないのだった。

こういう状況を考えると、同じ人物が会社の業績は上げていたのだから驚く。生活に困っていたので、仲人を七、八回はやった。もちろん籍が入った後のことで、しかも頼まれてやるのだけれども、少なくともお互いに相殺《そうさい》になるので助かるのだ。私は昆布巻きのように着物を巻きつけて、彼の部下の結婚式に出ていたのだ。私たち自身は式もあげていないのに。

こんなことを書くと、その方たちに対して大変な失礼になってしまうだろうか。私にはそうは思えない。私たちの家の困窮は、会社とはまったく別の問題で、かなり変わった人間が自己実現しようとする人生の一部にすぎない。私は結婚式を挙げる人たちの、その幸せが末長く続くことを心から願ったし、本当に可愛いとも思った。それに会社の人たちは皆、とても正直でタフな、面白い人たちだった。私は目立つことは恥ずかしかったけれども、その時々をそれなりに楽しんだ。

彼は狩に出かけて、どうやらしっかりと獲物を取っているような気配はあった。

でもわいわい仲間と一緒に盛大なパーティーを開いて、ほとんど全部食べてしまうらしい。家族のところには、尻尾とか耳とか、あまり嬉しくないようなものしか持って帰ってこなかった。私は高価なダイエットの薬品だの器具だのを試す必要もなく痩せていった。

この親子のセットを引き受けるだけで、効果抜群だった。ただし、美しく痩せるというのはとても無理で、やつれて痩せるという効果だった。

彼は、有名な歌手の旦那さんで学生運動家として知られた人が自然農場の経営をしていた時、会社の仕事の一環としてそこを訪ねたことがある。その農場には放し飼いの鶏がたくさん地べたを突っつき回っていた。ご主人が、「そこにきれいで艶々した羽の、太って立派な鶏がいるでしょう」と言ったそうだ。そして「でもこの鶏たちは卵を産まないんです。ほら、こっちに痩せたみすぼらしいのがいるでしょう。この羽の抜け落ちたようなのが、意外なことに卵をよく産むんですよ」と続けたとか。思わず「人間と同じですね」と、言ってしまったそうだ。

知らないおじさんから大事にしなさいと言われたのはたぶん、この夫のことだとは思うのだが、逆上して私自身が締め殺してしまいたくなるような相手だった。私と子供たちは大黒柱を、時には屋根ごと巨大な重い傘のように、よたよたと持ち運んでいた。子供たちは余裕のない私のヒステリックな振る舞いに耐え、否応なく協力していた。

時には、どこかの誰かが――義父も含めてだが――展覧会をやってくれるということもある。すると昔の絵をかき集めたり、新しく描こうとしたりして盛り上がる。私は外で金を使いまくるよりははるかにましだし、作家として生活させてあげたいとも思うので、絵を掛けるためにベニヤ板で白い壁を作って協力したりした。でもやはり会社が実際に生きる場なので、もちろん徹底してはできなかった。

そのうえ生活に疲れた私は、まったくいい奥さんではなかった。生活費について数知れぬ戦いも繰り返した。彼の名誉のために言えば、私の方は遠慮なく暴力を振るったが——たとえば空ではあったが、まだ茶殻の入っているやかんで殴るとか——彼は私に手を挙げたことはない。

日々の戦いがすんだ後、私は夜にはほとんど気絶するように寝てしまう。いつ帰ってくるかわからない相手を待つだけの余力は残っていなかった。それで正体もなく眠りこけていたある夜、寝ている二階の窓でガンガン音がする。さすがに目が覚めて窓を見ると、棒らしきものがぶつかっている。さらに声がして、下の道路で「開けてくれ！」と叫んでいる。鍵を忘れた彼が帰ってきていたのだが、何度呼んでも私が起きないので、向かいの家にあった物干し竿で窓を叩いていたのだ。道行く人に同情されながら、かなり長いこと頑張ったらしい。そんなつもりはなかったのだが、しっかり嫌がらせもして、私たちは釣り合いがとれていたのだった。

時間の流れを超えた縁があって、私はこれを綴っている気がしている。しかし、どうしても半端な視点で書いてしまう。私の人間的な限界があり、情報量の少なさ——おそらく勉強不足のせいで——も、すべて不利に働く。大雑把な性格も、乱暴な言葉によく出てしまう。自己満足だけの文章になってしまっているのはわかっているが、そういったものをなんとかしようとしても無理がある。私がどうした、私がこう感じた、それがすべてだ。この人生を生きている私というフィルターを通してしか、言葉が出てこないのだから。

これは言い訳にすぎないけれど、素晴らしい悟りを開いたヨガの行者ですら、一人ぼっちで誰も褒めてくれる人がいないと、精神的におかしくなってしまうという。まして取るべきもののない私においてをや、だ。どうしてこのような課題が来てしまったものか。

画廊「藝林」をめぐって

義父が京橋で開いた「藝林」という画廊が、梅野家の一つの大きな転機だった。亮の祖父の満雄は、田地を売り払って作った金で青木繁の絵を、散逸しないようにできる限りは買い取った。でもそのために準禁治産者として廃嫡されてしまったので、美術館までは建てることができなかった。その無念の思いは綿々と、子や孫に受け継がれていた。

芸術に対する強迫観念といってもいいくらいの思いが、普通の親子の愛情関係に匹敵するくらい、この家に血肉となって伝わった。

家の存続とか、生きるための闘いとか、世間的な体面とかといったものは当然ある。しかし、それとともに、芸術の本質に迫る狂気ともいえる執念が、しっかりと背骨のように通っていた。

家としては分裂症であったのだと、私には思える。これは非難とか、誹謗中傷だとかのつもりで言っているのではない。平和に暮らしている人たちにだって多少は、そうした傾向があることは確かだし、それは本人たちの責任ですらないと言える。天から持たされてしまっているのだ。何かの理由があって。激しい葛藤が重い症状として出れば、この世での生存も危ういものだが、きわどい所でバランスを取るしか、選択の余地はない。

義父は芸術に精力のほとんどを費やしていた。そのように人生の行路が決定されていた。

彼の父親が追求した本当の芸術というものについて、自身の人生に於いても究めねばならぬという使命感を持っていた。本物であり、真実であるもの、美というもの、自分の信じる美に殉じなければならない。幼い頃は並外れた才能を持つ姉たちと比較されて、つらい思いをしたらしい。頭脳ではむしろ勝っていたのだが、なんといっても芸術の感性が尺度となる家だった。いつかは自分も、と心の中で思っていたに違いない。

妻と職業を父親から定められて、夢と現実の狭間でもがきながら長いサラリーマン生活を終えた時、そこから本当に好きな道に邁進することを許された。彼は雄々しく羽ばたいた。確かにそれは素晴らしいことだった。家族も皆で祝福した。

しかし家庭として見た時に、精神的なあり方として、どうしても常に爆弾を抱えていかざるを得なかった。まず彼自身の中に、芸術を至上とする価値観と、生活を守らねばならない立場という、相反する方向性ゆえの戦いがあった。どちらも譲れないものだ。

それでも死に物狂いで頑張って、矛盾はあってもそれはなんとか乗り越えてきたのだ。

彼の父親が亡くなった後、やはり生きる甲斐がそこにしか見つからないので、自分だけの美術品蒐集《しゅうしゅう》の道を究めようとしてきた。そのこととサラリーマンの生活をどうにか両立させてきた。

けれど村一番の働き者ということで、請われて嫁に来た義母は当然ながら、生活を破綻させるような芸術というものには馴染みがなかった。結婚した当初から、まずその芸術を嫁に理解されないということで、彼は荒れた。その相克に拍車をかけた。後の、蒐集への情熱もますます燃え上がった。

そして生まれた子供たちは、両親のその葛藤の真只中に置かれて育つ。息子は特に父親の価値観に影響される。父親は暴れてはいたけれども、人間的に理解しやすいモデルだった。祖父の筋金入りの精進や眼力にも、ただならぬ尊敬の念を抱いていた。そして彼自身が、表現する力を一家の中でも抜きん出て授けられていたために、むしろその父親の譲歩や妥協が許せなかった。その葛藤の方こそが本物で、生活を守るという名目の方が不純だと感じていたのだ。

両親の愛情表現にも不調和な部分がどうしても目立つ。愛情に満ちた人たちにも拘わらず、決して譲れないものを持ち合っているから。

息子は父祖の認める本当の芸術家でありたいと願うがために、自分は決して妥協しないと心に決めていた。良き家庭人ならば、きちんと安定した生活をしなければならない。でもそれは表現者としては無理がある。表現者はこの世で安楽に暮らしてはいけないのだ。

もちろん、それはそうしようと意図してそうなるわけではない。自分自身がそういう成り立ちに生まれついていたのだ。この世においては災いの種であるけれども、何かの表現にとっては資格とも言える方向性を持っていた。因子と環境が揃っていたのだ。彼は父祖の説く芸術家としての本懐を遂げようとしていた。いわば彼なりの王道を目指していたのだ。でもそれでは家は潰れてしまう。そこで常に、潜在的にせよ、家庭において激しい戦闘が繰り広げられていた。

私と会う前には芸術に生きられるならと、長男でありながらよそに養子に出ようとしたこともあった。そうした精神的な軋轢の中で、夫婦、親子ともに大変なストレスに晒され続けることになる。日常の中のちょっとした亀裂に、マグマのように鬱屈したエネルギーが噴き上がる。いつかは火山の大噴火のように、壊滅的なエネルギーを発散するに違いなかった。そうしたエネルギーは昇華される表現を見出すまで、沸々とたぎり続ける。

だからこそ、美術館の構想には私も夢を賭けた。どこかで収まりをつけなければならならないことだったのだ。

これを書いている途中で、私は千葉の房総にある白浜という所を訪ねてきた。先日、駅に置いてあったパンフレットやチラシを何気なく見ていたら、白浜のホテルに一泊するプランが目に入った。もともと白浜という場所には、特別な縁を感じている。

まず満雄の孫は私に会う前に、白浜の海洋博物館を運営する家の養子になろうとしたことがあった。若い頃にそこで仲間と共に美術活動をしようとしたのだ。結局いろいろな面で行き詰まって、解散したらしい。養子のこともご破算になった。

後に彼の義父になるかもしれなかった方が亡くなった時、奥様が梅野家にお知らせのお便りをくださった。私は話に聞いていたその方のために、僅かのお花代を送った。そうしたらまた温かい、丁寧なお返事をくださった。お顔を見てもいないのに何故かとても親しく、懐かしい感じがした。

そこは私も中学卒業の年に歩いて回った所だ。「海の幸」が描かれた場所にも、またその後に青木がお腹の膨れた恋人と、今後について考えを整理するために訪れた所にも近い。

さらにそのチラシには行き方として、館山からバスで三十五分とあり、「青木」というバス停で降りる、とあった。私はどうしても行きたくなってしまった。もちろん家から比較的近いこの距離では、一泊など考えられない。なんとなくその気になった休日に、もう出発するにはちょっと遅すぎる時間だったが、せわしなく、しかも行き当たりばったりの運任せで出かけてしまったのだ。それでも都合の良い列車やバスに恵まれて、運が良かった。

驚いたことに館山駅の周辺は、バス停のたたずまいも含めて久留米の駅の雰囲気と、とてもよく似ていた。乗り込むバスの停まっている位置も、出発時間も、乗っている時間も、すべて同じくらいだった。この前と同じことを繰り返していると感じてしまうほど、そっくりだった。

もはや若くない私は電車の窓から、またバスの窓から、房総の深い色をした海をゆったりと眺めながら目的地に着いた。降りたバス停からちょっと歩いた先のお店で遅い昼食を摂りながら、案内にあったホテルでもらったイラストマップを調べた。そうしたら、すぐ傍と言ってもいい距離のところに海洋博物館があることがわかった。けれども一時間に一本しかないバスの発車時刻に間に合わないので、それ以上は歩いて廻るわけにはいかなかった。さらにその後に乗らなければならない電車も、あまり本数がなかったから。

それに件の博物館は、後を継ぎ損ねた者にすれば、まだ未練を持っていると思われたくない場所だったこともある。私は関係なかったが、お手紙下さった奥様とここで会ってしまったらちょっと困るとも感じた。遠い記憶にある昔の佇まいや、彼のいた時代の写真は良く憶えていたが、お手紙の様子から現在はもう別な姿になっているだろうとも思った。

そのホテルのすぐ近くに、海に向かってブランコが一つ置いてあった。残り少ない時間をそこに座って静かに揺られながら、いろいろな出来事がどんなふうであったのかを思い描いた。まだ陽は高かったが、海辺にはかなり肌寒い風が吹いていた。ストールを巻きつけた私は温かく守られていたが。

過ぎ去ってみれば何もなかったように、海岸には穏やかに切れ目もなく波が打ち寄せている。その場その場を精一杯に闘っている人間にとっては激情を伴う、切羽詰まった出来事であっても、大きく時が過ぎ去ってしまえば何ほどのこともないのだと思った。でもふっとその時々の情景が蘇って、私の目の前をよぎっていったような気もした。

三番目の子供が二、三歳になった頃、いよいよ私は学芸員の資格を取ることになった。

促成栽培ではあるが、義父が学費を出してくれると言うので頑張ることにした。子供を寝かしつけてから、あるいは日中のちょっとした昼寝の時間に、本を読んだりレポートを書いたりした。義父母の住むマンションにお盆の頃に泊まって、スクーリングに出してもらったこともある。とにかく梅野の家族は温かかった。私はその一員として大事にされ、可愛がってもらっていた。

私は資格を取った後で義父の画廊「藝林」を手伝うことになった。その画廊が開かれた当初には、まだ籍が入っていなかった。それでも家族がいろいろな手続きや、下見や、買い物といった準備をする際には一緒に手伝わせてもらっていた。

その頃のことで思い出すことがある。画廊は京橋にあったので、銀座によく買い物に出かけた。家族と一緒に、あるデパートの文房具のコーナーに向かっている時、以前どうにか話ができるようになりたいと願い続けた片思いの相手と偶然に行き合った。向こうは気がつかない。よほど追いかけたいと思ったが、こちらも皆と一緒でそんな余裕はない。

後で考えると、その相手の姿は出会った頃と変わらない姿だった。私の思いがまだ解消されていなくて、その念が呼び寄せた生霊だったかもしれないと思うほど、どこか現実離れしていた。

結果的にこの人生で共有できるものは何もなかった相手だが、決して縁の浅い人ではなかった気がする。すれ違って、もう二度と会わないだろうと感じたその時に、私の人生がはっきりと、この家族と共に生きてゆく軌道に乗ったということを意識した。

地下鉄銀座線の京橋駅を降りて、すぐ近くのビルの六階に「藝林」はあった。

台風の接近していた八月の終わりの日、私はかつて「藝林」のあった京橋を訪ねた。激しい風と雨の中、懐かしい道を辿った。その頃の情景を心に蘇らせるために。もう十年以上経つが、想像したほどには変わっていなかった。

「藝林」が入っていた、首都高速の京橋出口付近の静かな通りにあるビルはそのままで、今も六階には、ちょっと似た感じのアートギャラリーが入っている。当時を思い出すような看板が、飛ばされないように鎖をつけられて通りに置いてあった。店を開くのに運のいい場所ということで、借り手も安定しているのかもしれない。なんといっても前に入っていた画廊は、美術館に転身していったのだ。義父と義母が一緒に仕事をしたこの場所は、東京駅から歩いても十五分くらい、地下鉄都営浅草線の宝町駅のすぐ傍、銀座線の京橋駅からも徒歩三分で着く、とても便利な場所にあった。

ただ、この「藝林」は画廊には違いなかったが、義父は芸術を研究するために開いたので、画廊、画商の名簿には載っていなかった。絵を扱うために、やむを得ず画商の鑑札を取っただけだという自負があった。「美術研究　藝林」というのが正式な名称だった。

義父の本領はその時点では誰にも見出されていない、素晴らしい作家や作品の発掘にあった。「藝林」は、自分の眼だけで勝負する「美の狩人」としての力を発揮するための場だった。世には認められなかったけれども、必死に自分の表現を追求していた作家はたくさんいる。そして最後は愛する作品を残して亡くなってしまう。家族もその作品をどうしようもなくて仕舞っておく。さらに年月が経って、いよいよ物置に眠っていた作品群をどうにかしなければならない時期が来る。いろいろな事情で作品が古道具屋に並ぶ場合もある。

義父は自分なりに調べた作家の情報にもとづいて、遺族を捜し出し、訪ねていって交渉したりする。メジャーとされるルート以外の場所を巡っていく作品の中には、世の中に認められて美術館に飾られている作品にも勝るとも劣らないものがある。有名な作家の弟子や仲間の中に、同レベルの素晴らしい作品を残している人がいることもある。

そうしたものを、義父は我が眼にかなったものとして手に入れる。その感動を毎月配布する手書きの月報に綴り、その絵をより魅力的に見せる額縁をつけ、あちこちに広告を打って展覧会を催し、世に売り出すのだ。各作家の画集も、できる限りお金も手間もかけて作っていた。菅野圭介の時に作った画集などは、本当に立派なものだった。

そこまで豪華でなくとも、蒐集したほとんどの作家の画集を作った。自分なりの評価を世に訴え、共感の輪を広げられる面白さがあった。経済活動としても分がいい。眼さえ確かなら。義父の情熱と性格の可愛らしさで、お客さんはたくさん引き寄せられてきた。好きな美術品を眺めている時、義父は満足した子供のように楽しそうだった。

義母も銀座の画廊には珍しい、九州のお国言葉がそのままの、素朴な気取らない人柄でみんなに愛されていた。最初は義姉が手伝っていた。途中からは私も一緒に手伝った。

看板に使う絵の写真は引き伸ばし、ラミネートした。その作業を頼んでいた店はもうなくなっていた。義母が軽い昼食としてよく買っていた、大きなシュークリームを売っているコージーコーナーはまだあった。展覧会で展示する絵につける額をよく取りに行った、裏通りにある画材店もまだ営業していた。

歩き回ると当時のことを思い出す。あの画廊は本当に義父と義母の味のある人柄で持っていた。それに加えて、普通ではない情熱がその作品群を輝かせていた。この「藝林」時代は夫婦の幸せというものが、やっと生活に追いついた時期だったのだと思う。

義父は芸術に対する夢を、若い頃から持っていた。もとから文学青年だったし、家には山のように美術品があった。青木繁の作品も含めて。さらに家の敷地の中には坂本繁二郎がアトリエを構えて毎日、絵を描いていた。義父は六人か七人の姉の後に生まれたお坊ちゃんだったが、人生の進路に関しては親に強制されるまま、脈絡もなく進まされた。医師になるための学校に入ったこともあるそうだ。でもこれは血を見ることに耐えられない性質だったので、とうてい無理だったらしい。

そして最終的に、これからはサラリーマンの時代だからそちらに進めと言い渡された。

若い頃は痩せて体の弱い一人息子だったので、肉体的に楽だろうと判断された社の経理部門に押し込められた。本当は自分も父の勉強した文学部に入って芸術について学び、評論などを専門にしたいと夢見ていたのに。

そうした分野については、きっと父満雄は深く関わりを持ったために、知りすぎて幻滅した部分もあったのだろうと思う。その世界の不安定さが身に沁みていたから、止めさせたのかもしれない。この世での家の存続と安定を第一に考え、働き者の妻と手堅い仕事を息子に与えたいと思ったのだろう。まだ学生で、寮に入っている時に結婚させたという。否も応もなかった。

芸術を追求する喜びはおろか、人生の楽しさも何も、考えられてはいなかった。嫁は夫が学校の寮に入っている間、舅と姑に仕えて家で朝から晩まで働いていたそうだ。

戦後の、誰にとっても苦しい時代だったということもあると思うが、そうやって夫婦にさせられた男女がどれほどの苦難の道を歩まねばならなかったか、現代においては想像を超えるものがある。絶対の権威を持っている父親はそれなりに土地を耕して激しい労働もしてはいたが、芸術を追求することに命を賭けて、その素晴らしさを熱狂的に語っていたというのに。

息子は定年までサラリーマンとして頑張った。行き場のない鬱屈した感情を時折爆発させながらも、家長としての責任を果たそうと必死で努力する、それは長い道のりだった。

でも苦労して働きながらも、諦めてはいなかった。幼い頃から身近にあった芸術というものが、自分という存在の一部になってしまっていたのだ。結局その喜びの中にしか、生きる甲斐が見つからなかった。ここまで来てやっと、自分の憧れを実現できる活路を見出した。嫁の方にも長年の辛抱に対して、報いてあげたいという気持ちがあった。なんとか息の合った夫婦になれたのだ。やっと訪れた、初めて一緒に何かを楽しみ味わう幸せを噛み締めていたところだったのだと思う。

画廊に来るお客さんも面白い人ばかりだった。好みが似ていて気の合う人が、大抵の場合常連になるわけであるし。画商さん仲間もいた。絵の好きな趣味人も、美しい女性も含めてたくさん集った。作品を引き取って顕彰した作家のご遺族の方もよくみえていた。

菅野圭介と別居結婚して当時の世間で話題になった、画家の三岸節子さんの娘さんにも、ここでお目にかかった。彼女は三岸節子さんの最初の夫で、やはり有名な画家である三岸好太郎の娘さんだ。さぞいろいろな経験をされていることだろうが、とても気さくで素敵な方だった。お会いした時には私の中に、何か特別な喜びのようなものが溢れた。

また義父は、その道の先導をして戴いた大川美術館館長の大川栄二氏には、古くからの先輩として尊敬の念を持ち続けていた。大川氏は何かの折には気軽に寄られて、義父と談笑していかれた。芸術愛好家として共通する部分がたくさんあったので、話はいつも盛り上がった。

義父の話は実にわかりやすくて面白かった。「ここにあるのは美人コンテストのように、誰からも美人だと思われるような人が選ばれるのとは違う、私自身にとって美しいと感じるから選んだ作品なんです。この個性にこそ、たまらない価値があると思う絵なんです」

お客さんに熱弁を振るう時には眼が輝いていた。

朝市に通い、知り合いの画商さんを訪ね、様々なオークションにも参加する。義父の特に好きなものは、大正から昭和初期くらいにかけて制作された、ロマンの香りが漂う作品だった。

ちょうどその年代の作家の作品が、この頃になって市場に出てくる回り合わせだったのかもしれない。装飾画と芸術の本流の、きわどい境目あたりにも惹かれるらしい。だからたくさんの人と楽しめるものが多かった。とにかく美術が、表現が好きなのだ。なんでも楽しめた。

私が手伝っていた頃に飾っていた、強く印象に残っている画家たちの作品を思い出す。

高校の時から知っていた菅野圭介をはじめ、中村忠二、伊藤久三郎、相吉沢久、杉浦非水、板祐生など、他ではあまり見たことのない、個性豊かな画家たちだった。

義父が蒐集して顕彰した結果、評価が高まった画家は相当数いる。そういう作家に関連した展覧会を企画している美術館に、作品を貸し出しもした。

義父は、サインがないために作者不詳となった一流作家の作品を発見することもよくあった。青木繁の作品もあったし、三岸好太郎や坂本繁二郎、その他にも彫刻や焼物の一流と呼ばれる人の作品を匂いで嗅ぎ分けて見つけてきた。

お客さんが自分で見つけた面白いものを持ってやってくることもあった。これは円空の木彫りではないかとか、魯山人の焼き物ではないかとか、興奮して、大事に抱えてやってくる。私もそういう方が今から来られると聞くと、帰る時間を遅らせてでも見てみたいという欲求を抑えられなかった。そういう時の義父の鑑定ぶりはお客さんに優しくて説得力があり、私が聞いていても興味を持てるものだった。なかなか本物は転がっていなかったが、楽しい世界なのだ。

義父が朝市などで買ってくる絵の中には、本当に絵自体に惹かれたものもあるが、実は額縁に惹かれて手に入れたので、安くて良かったと言って喜んでいたこともあった。

その額縁だが、手伝う私たちにとっては非常に厄介なものだった。裸の絵は寂しすぎる。誰の目にも立派に見せてあげるためには、ぴったり似合う額縁が不可欠だ。そのために、展覧会を開くたびに額縁を揃える必要に迫られる。

他の絵が納まっている額縁を、その時だけ使って展示することも多い。そういうことを繰り返しているうちに、絵がどこの箱に入っているのかわからなくなってしまうこともあった。作者と絵の名前がついている箱に入った額縁に、本当は違う作者の違う作品が入れてあるという事態になるからだ。質の悪い時は本当の絵の裏に、違う作品が入っていることもあった。まるでトランプの神経衰弱のように、全部の箱を開けて確かめるようなことになりかねなかった。借りていた倉庫に運んで行ってしまうと、さらに困難は大きくなった。皆でいつも何かを捜していた。でもその時はそれで楽しかった。笑い話で済んだことだ。

「藝林」でオークションを開催することもあった。たくさんの人が集まり、お祭りのようだった。そこには他の画廊の店主も見に来ていた。もともと無名だった作家のものが多いので、そのほとんど全部を引き取っている場合が多い。小品やスケッチなどが山のようにあった。それを好きな人に、他の画廊では出せないような値段で渡すことができたのだ。

義母も義姉も私も、いや、時には家族総出で手伝い、夜遅くまで盛り上がった。私の部屋には今でもオークションに出品されていたもので、義父がボーナス代わりにくれた木彫りの白象がある。いつの頃か、インドあたりから来たものかもしれない。操り人形の劇で使うような造りで、紐で木の棒から下げられている。「僕ってどうしてこんなにセンスがいいんだろう」と自慢しながら私にくれたものだ。ヒンズー教の神様がお乗りになるような白い象で、私がとても気に入って買おうとしたら、無料でいいと言ってくれたのだ。

義父は自分自身の表現も追求しようとしていた。俳句もつくり、一時は師にもついていた。絵も「眼高手低」と言いながら、眼に追いつくように必死で描きまくってい た。確かに暖かい色合いの、憂愁も漂った味のある作品だった。しかし子供のように辺り構わず絵の具を使うし、片づけは下手なので、お客さんが座る椅子に絵の具がついているようなことにもなってしまった。上等な着物のお客様がみえた時など、義母は大変な緊張を強いられた。でもこの時代は家族として、ずいぶん安定していたと思う。義母も、とても幸せそうだった。話を聞いてくれるお客さんにそれまでの並大抵でない苦労を理解してもらい、褒めてもらっていた。

また義父が私を、銀座にある他の画廊に連れていってくれることも度々あった。そういう場合に義父はとても素敵な人だった。もともとが下男付きで育った、堂々としたお坊ちゃん育ちなので、立ち居振る舞いにこせこせした所がない。好きなことをしている満足感に溢れていたし、同好の人たちの間で在りのままに楽しんでいたから、その場の雰囲気を変えてしまうほどに活き活きとしていた。

時折、青木繁の作品の鑑定を頼まれることもあった。

あまりにも若くして亡くなった画家には、それほど膨大な作品が残っているわけではない。梅野家の当主は青木の生涯における作歴を知り、本人でないと描けない本質を感じ取り、真贋を見分けることのできる数少ない人間の一人だった。

楽しい画廊経営の間、青木の作品も実はずっと働いていたのだ。家族の心のどこかには常に、なんとかしなければという想いがあった。義父は、青木の作品はもう評価が定まっているから、どこでもちゃんとした待遇が受けられるから大丈夫、という気持ちがあったようだ。でもとにかく、スケッチにもその尋常でないエネルギーが溢れているのがわかる、とても普通に持っていられないものではあった。

義父は他にもたくさんの資料を受け継いでいた。残された数多くの書簡の中には有名な、楽しく伸び伸びと青春の喜びを放射しているものもあった。しかし、それとともに喀血した血で宛名をしたためてある、もはや退院の見込みもない病院から出された手紙もあった。

生前における青木の人生が、凝縮されて友人の子孫に預けられている状態だったのだ。

美術館開設への志

義父はその作品や資料を忘れたことはない。かつて父から芸術の道を許されなかったこともあって、自分だけの表現に賭けたい気持ちが強かった。それでもいずれどかでは、両方の価値を活かせる美術館を建てたいという夢は持っていたので、あちこちに可能性を探ってはいた。丸木位里の美術館などにも家族で見に行った。その近所に建てられないかと考えたこともあったのだ。

ある時、長野県出身のお客さんでご自分の会社の経営をしておられる方が、生まれ育った我が村は景色のすばらしい所なので一度見に来ませんか、と誘ってくださった。希望を持った義父と夫は一緒に出かけた。そうしたら本当に目の覚めるような素晴らしい景色だった。有名な観光地ではなかったので、人の手の入らない、清冽な美しさが感じられた。

おまけに青木が学生の頃に、坂本繁二郎ともう一人の友人である丸野豊と一緒にスケッチ旅行をした松井田、妙義からも近かった。親子はすっかりその気になった。ここに建てようという具体的な夢が芽生えた。そして建てるといっても、もしかしたら村と共同で建てられるのではないかという方向で模索した。可能性はあった。作品を寄贈するという条件で、運営を任せてもらいたいという希望を村に伝えたのだ。それから交渉が始まった。

長い時間のかかる話し合いを続けることになった。

実は義母だけは最初の話があった時、私に反対して欲しいと頼んだ。義母は女の勘がとても鋭かったのかもしれない。しかし、その時の私に反対する理由はなかった。祖父から託されたものは私のものではなかったし、葛藤する大黒柱との生活で困ってもいた。

彼がなんらかのはっきりした目標を持てない限り、人生を安定させられないと思っていた。

表現に賭けたい人間は、やはりそのルーツの指し示す道を行くのが妥当だと考えた。その構想を実現することによって、いろいろな矛盾も抱えるこの家族が、真に心を一つにして芸術というものに貢献できるのではないかと夢を見た。

青木繁という存在は、かつてこの世で闘ったというだけでなく、現在においてもある意味で生き続けていると思う。この美術館の構想についてだけではない。間違いなく満雄の孫の亮にも、その宿命として強烈な作用を及ぼし続けていた。孫は芸術家としての自負を、現実には何をしているにしても、常に失くしたことはない。ライバルとしてか、同志としてか、とにかく青木の存在は心にしっかりと刻まれていることを感じる。私はたぶん青木と共通する何かを持つ、いつも日常生活から遊離した欲求に突き動かされている人間と暮らしていた。

彼が会社の企画としてインドへ行った時に、立派な宝石を買ってきてくれたことがある。

かつてインドの王女様が身につけたような、象牙と銀と紫水晶で作られた腕輪だった。

それともう一そろいの、それよりもっと濃い色の紫水晶を使ったネックレスと腕輪だった。私はうっとりと眺めた。それは素晴らしいものだった。けれども、それをどこに着けていけるというのか。近所のスーパーに特売の野菜を買いに行くのに、そんなものを身に着けていってどうするのか。しかも今日の食料を買うのに、カードを使うほど困っていたのに。一見したところでは立派に暮らしているように見えるということが、かえって困るのだ。私もそれなりに仕事をしているのだし、彼に至っては重役なのだ。周りの人からは普通以上の生活をしているだろうと思われる。

その宝石は何だかいつも困窮の生活だけを分かち合っているような可哀相な奥さんに、罪滅ぼしのつもりで買ってきたのかもしれない。さもなければ仲間の手前、皆と同じように振る舞ってみただけなのか。でもどっちみち安全とか安心とかという言葉は、我が家の辞書には載っていなかった。

そうしたアンバランスは青木にもあった。彼には普通に生きていくためには理解に苦しむ、支離滅裂な行動が多かった。苦しい時ほどそれはひどくなった。彼はその生涯を通じていつも、とても困っていた。人に頼っている時以外には、ろくに食べることもできず、日々やっと生きているというレベルだ。展覧会に出す絵も、絵の具が買えないために下絵のような状態で出品するほどなのだ。仕事はないかと知り合いに頼み込んでもいる。

渡辺洋氏の『悲劇の洋画家　青木繁伝』によれば、それはもう大変だ。

彼の家族は飢えて、どうにかしてもらえるのを待っている。おまけに恋人には子供もできてしまい、その責任も果たさなければならない。当然、誰からも責められている。そういう状態の時にやっと仕事にありつく。気分が乗って仕上げた作品は満足のいくものになる。

その結果、当時のお金で百円という大金が手に入る。

そこで信じ難いことに、彼はその金で舶来の帽子を買う。靴と、黒檀のステッキを買う。

誰かにもらったフロックコートを着て、その帽子を被りステッキを持って、街をあてもなく彷徨《さまよ》う。食料ではなく、家族の生活に必要なものでもなく、絵の具ですらないものを買ってしまう。

生活における金の使い道や、必要なものの優先順位が、まったくめちゃくちゃだ。彼はもがいていた最後の時期、こういう振る舞いが特に多かった。せっかく稼いだ金も酒や女にすべて使ってしまった。現実を乗り切るための気力も、体力と共に切れかけていたようだ。

しかしこの買い物には、私も共感してしまったのだ。生きるためには本当に不利な振る舞いなのだが、わかる気がする。その買い物は、彼の夢見る生活が実現した時にはできる筈の格好に欠かせないものだった。足もとを固める生活の地盤がなく、途中の計算も抜けているけれど、自分の本当の実力からいって当然だと信じる、夢が叶った時の姿をしてみたかったのだ。

大層な爵位を持つような家の出で、外遊も気軽にできる画家たちの姿は皆、洒落た立派な洋装だったろう。自分だってそうありたいと願い、羨ましいと思っていたに違いない。生活実体の伴わないその姿が、他人の眼からはどんなにおかしく見えたにしても、彼はそれで挫けそうな自分を慰めたかったのだ。子供っぽいとしか言いようがないが、実際に子供だったのだ。

頑張るといっても精一杯に努力して尚、道は遠かった。金銭的に、そして何より精神的に、余裕というものがなかった。鬱憤晴らしもあって憎まれ口を叩く彼に対しては、すべての門が閉ざされようとしていた。誰も庇ってはくれない。助けてくれようとする友人にしても、もちろん親の庇護のようなわけにはいかない。彼を養うことはできないのだ。

自分の親にはすでに見捨てられている。もともと最初からあまりにもゆとりというもののない家で、家族は病気などの事情もあったが、彼に面倒を見てもらうことばかりを期待していた。暮らしを立てるということは、特に男子たる者は持てる力を、まず家族のために使うというのが基本とされる。自己実現だけを夢見るエゴイストの人間が排斥されるのは、当然と言えば当然なのかもしれなかった。むろんその子供は最後まで孤独だった。

それでもあのような歌を詠む。母います国、と。

こういう哀れな魂を抱え込んだまま、明るく楽しいだけの生活はできない。「藝林」

時代は本当に楽しかったけれども、やはりそれだけでは済まなかった。

この「藝林」を私が手伝っていた間に、連れ合いは結核に罹った。私の父が二度目の癌で逝って間がなかったので、胸に影があることがわかった時のショックは大きかった。

隣人でもあったお医者様は、もし癌だった場合、本人に知らせますかと尋ねてくださった。私はもちろん、本人にはまだやりたいことがあるので、是非教えてくださいと答えた。

しかし、薬の効くタイプの結核とわかったので、とりあえず安心した。千葉の寂しい病院に、三、四ヶ月くらいだったろうか、隔離されることになった。

暴れていた大黒柱はここでやっと落ち着いた。どこにも行けないのだし、何もすることがないので絵を描くしかなかった。生活の安定した、僅かではあったが平和な日々だった。

大きなものなどは描けなかったが、小さい作品はずいぶん制作できた。隣のベッドの人が、「私にはまったく絵なんかわからないけれども、朝から晩までずっと描き続けている貴方を見ていると、天才というのはこんな人のことなのかと思いますよ」と言ってくれたそうだ。

でも人の評価というものは難しい。それぞれの捉える社会的な基準だけからしても、好意的に見てくれる人もいれば反感を持つ人もいる。さらに自分の生活の役に立たない他人の作品に価値を認めて、自分の血液同様のお金を差し出す気になることが、どれほど希少なことかは考えてみればよくわかる。でもそうするより他なかった人間の、世の大勢からすればささやかな営みの結果が何時の世か、運命次第でどのような評価になるかなど、同時代の誰にわかるだろう。

入院中に会社の社長が、後藤静香著の『権威』という本をくださった。

その中に「花は散る」という題の文があった。

花は散る、時は過ぎゆく、人は去る
かれの遺骸をかざる花束は
生前、彼が奮闘に疲れたる日の食卓に

ただ一枝ずつでもほしかった
花は散る、時は過ぎゆく、人は去る
彼の葬場にきく同情賛嘆の千言万語は
生前、彼が世の無情と戦う苦悶の日々に
ただひと言ずつでもほしかった
愛の花は、咲くこと遅きにすぎたり

という文である。

これは芥川の言葉にも似て、私にとってもよくわかる文である。でも、彼がとても悲しそうに声に出して読むのが気になった。今までの奮闘を振り返っていたのだろうが、その場にはこの文を、もっと深く噛み締めている存在もいるような気がした。

村との交渉は続いていた。遅々とした進み具合ではあったけれども、役場には担当の係りの人も決まり、いろいろな配分とか契約上の問題とかが調整されつつあった。担当の人が「藝林」に訪ねてきたこともある。また、家族が下見をしたり打ち合わせをしたりするために、こちらから村に出向いていくこともあった。

話に乗ってくれた村長さんは度胸の座った人で、村の大きな事業をいくつも成功させてきた実力者だった。村出身の芸術家の、義父の蒐集の眼は本物だという判断によって契約が決定したという。助役さんは頭脳明晰で、冷静な補佐役に徹しているという感じの人だった。

また役場でこのプロジェクトの担当になった人が、本当に強い縁のある人だったようだ。もともと絵が好きで、それを知っていた村長さんから意見を求められたのだそうだ。最初はそんな有名な画家の名に疑いを持ったと言う。青木繁などは雲の上の人だと思っていたと話してくれた。本物とわかった時には心から賛成して、強力に後押ししてくれたのだ。話がはっきり動き出してからは役場の窓口として、心からの熱意でこのプロジェクトを推進してくれた。

何年もかけてやっと話は具体化されて、スケジュールが組まれた。家族はその進展に盛り上がった。建物の構想や現実的な発注先について、また建てる家の間取りなど、様々な案が入り乱れて論議された。瓦の色や部屋割りや、植える木に至るまで皆で夢を見た。

私は学芸員として、義父と一緒に長野に行くことになった。子供の学校のこともあり、美術館の開館に向けての準備もしなくてはならないので、私だけ子供を連れて先に移ることになった。義父はその間に「藝林」の整理や、持っていく作品の準備をして、一家のその後のための段取りをすることになった。

そうして話が本決まりになってから迎えた年の、正月のことだった。皆で川崎大師にお参りに出かけた。

建物も道も見えないくらいの人波の中を、何時間もかけて本殿に辿り着き、参拝をしてから家族皆でおみくじを引いた。義母だけは引かなかった。

全部で十二、三本くらいの数を引いたと思う。そうしたら驚いたことにその中に大凶が、私の記憶では七本とか八本とか、とにかく尋常でない数が入っていたのだ。

だいたい正月の参拝で引くおみくじに、大凶が混ざっていること自体おかしいと思うのだが、いつ引いたにしろ、そんなにたくさんの大凶などこれまで見たこともなかったので、本当にぎょっとした。義母は「だから引かない方がいいと言ったのに」と嘆いた。

厄災の兆しが皆の脳裏をよぎった。どう考えても、確かに先行きの平坦でないことは確実だった。でもだからと言って、今さらどうしようもないのだ。私はしかし、それはそれで面白いかもしれないと思った。小吉よりも、あまり出ることのない大凶の方が、実は幸運の場合もあると言う人もいるらしいし。いずれにせよ一家としての試練の時が、これまでもずっとそうであったには違いないが、一段と大がかりな試練の時が来ていたのだ。

美術館が建つことになったのは長野県北佐久郡北御牧村《きたさくぐんきたみまきむら》という、人口五千五百の小さな美しい村だった。村役場では芸術村という構想を立てていた。中心になるのは明神池という森に囲まれた小さな湖の周辺で、そこが建設予定地と決まった。

大自然の懐で

北御牧村《きたみまきむら》は現在では隣の東部町と合併して、東御市《とうみし》になっている。佐久と上田の中ほどに位置し、小諸《こもろ》からも近いこの地では、古くから朝廷に納める馬を育てていたので、北御牧という名前になったのだそうだ。浅間山を含めて連なった峰々が、煌くように澄んだ空気の中に悠々とした姿を見せている。蝶々の羽を広げたような二つの台地からなる村であるが、どこから見ても自然の造化が絶妙な配置と壮大なスケールを持って、見る人を驚かす。

武田信玄の狼煙台《のろしだい》だったという、切り立った高台から千曲川を見下ろした時には、その厳しくも大らかな自然の美しさに息を呑んだ。輝く幅の広い帯のような川は、薄青色の霞に煙る大地の中を、ゆったりと向きを変えながら流れていた。そしてその周りを、どっしりと厚みのある山々が守るように囲んでいる。天地創造の神業を見せられているようだった。この景色を見て、父と息子はすぐに心を決めてしまったのだ。一目惚れだった。それほどに衝撃的な美しさだった。

家族全員でその場所を見に行ったことが数回。美術館を建てる場所を村と一緒に検討しに行ったことがまた何度か。そして住む家をどこに建てるかで、さらにまた何回も出かけた。義姉と義妹が住んでいたのは埼玉県の東松山で、そこから車で関越自動車道に乗ればとても近かった。何度も車で往復することになったので、義姉たちの住まいは拠点としてとても好都合な場所だった。

何度目かの往復をした時、私は事故を起こした。帰りの高速道路で、渋滞した一番左の車線を一メートル刻みぐらいで進んでいた時だ。義姉たちの車は隣の車線なので、追い越したり追い越されたりしながら走っていた。追い抜かそうとした時に、右側車線で止まっていた義姉に向かって手を振りながら、そちらに身を乗り出すように顔を向けて走ってしまったのだ。大した速度は出ていなかったが、前の車にぶつかるひどい音と共に私の運転していた車から、じゃあじゃあと水が漏れ始めた。

ぶつかってしまった相手の車はとても頑丈だった。びくともしていない。礼儀正しい相手の人は「なんともないですから」と言う。「それよりその、水の漏れているあなたの車をすぐに修理に持っていかないと」と言ってくれる。

ＪＡＦを呼ぶにも事故の報告が必要らしい。ほんの少し先のパーキングエリアにある電話から連絡をした。その途端にパトカーが、何故か六、七台、前からも後ろからもサイレンを鳴らしてやってくるではないか。そこは群馬と埼玉の県境だったので、両方の管轄のパトカーがすべて集まってきてしまったのだった。その時は両方とも手が空いていたらしい。被害者はすでに立ち去ってしまって、その場にはいないが、加害者である私の車からは水が流れ出している。軽自動車で高速を走ったのはいいが、やはり弱かった。ラジエーターのキャップが衝撃ですっ飛んでしまったのだ。

ただごとでない数のパトカーに囲まれて、これ以上ないくらいに恥ずかしい思いをした後、さらにロープで引きずられて最寄りの修理工場まで運ばれた。これはすべて隣に座っていた連れ合いと共に味わったことだ。私たちの人生と似ているとも言える。今となってみれば、これも大凶のおみくじが教えてくれていたことかもしれなかった。

村の景色は文句なく素晴らしかった。建てる場所は村のどこであってもいいような気がした。でも相手は村の役場で、何事も一人の意見では決まらない。予算の捻出にしても、村民との調整にしても、きっと想像以上にたくさんの問題があったのだと思う。即決というわけにはいかなかった。何年もかかって動き出したが、それでもいろいろな手続きがあって、すんなりとはいかないことが多かった。意志の疎通も難しかった。独自性を貫かねばならぬ梅野家と、小さな村で美術館などという一種の贅沢物を建てることへの村民の抵抗感を取り除き、意見を一致させることにどれだけの苦労があったのか、本当に理解したのは随分後のことだ。

やっと最後に総合交流促進施設ということで話がまとまり、正式に村の事業として進められることになった。この時すでに馴染み深いテーマが繰り返されていたと思う。芸術と生活との調和、もしくは対立。新しい文化的活動と経済。芸術至上主義、また教養主義に基づく生き方と、土地に根づいた風土文化との共存の試み。

村はまるで美しい、穀潰しの芸術家などは受け入れることも難しい、堅実な生活をしている女性のようなものだった。それは義父と義母の結婚生活においても、最も難しい課題だった。

義父は京橋で、堂々と自分の意見を主張できる仕事をしながら、次の夢である美術館の構想を考えていた。「藝林」は義父自身の王国だったし、気心の知れた人たちが集い、家族に囲まれて安心して仕事をしていた。この計画の本当につらかったところは、村の進展具合がこちらの考えるよりも、ずっと多くの時間がかかったことだった。自分で思った通り即座に、身軽に行動できる「藝林」の仕事とは、まったく勝手の違う神経を使わなければならなかった。

梅野家の当主が恐い、あるいは悪い人ではなく、ただ情熱が溢れているだけなのだということが理解されるまで、役場の担当の人も非常に緊張した。総合交流促進施設ということになったので、村としては単に梅野家の所蔵の作品だけでなく、その郷土に住む作家のものも展示してもらいたいと希望する。しかし梅野家としては、その作品を選ぶ権利を失うわけにはいかなかった。

長い調整期間が必要だった。互いに警戒し合い、恐れ合った。最後に名前も違う別の領域を作って、そこでなら、もちろん館長である義父の許可のもとに、展示しても構わないということになった。その後も様々な難問を一つずつクリアーして、あるいは妥協して、喜んだり怒ったりしながら目的に近づいていった。運命が約束の場所まで連れていってくれる日を、家族は待ち望んでいた。じりじりするような何年かを送った後、ようやく時が満ちた。契約が整ってやっとすべての段取りが決まり、平成九年からその事業は開始されることになった。美術館の建設が、実際に着手されることになったのだ。

私は準備作業のために、ちょうど高校入学のタイミングだった長女と、まだすべてにあまり影響の出ない学年の長男と次女を連れて、一足先に移ることになった。切りのよい時期に行っておかないと、子供のことでまた余分な神経を使い、落ち着いて仕事ができないと考えたからでもあった。

連れ合いの方はまだ千葉にいて、これまで通り仕事を続けなければならない。私はそれなりに心配はした。そうすることが必要だという思いと、どうしても寂しくなってしまう夫についての不安が入り乱れた。本人はやってみるしかないと言う。

私たちはいつもそうだが、確かにやってみるしかなかったのだ。まずは熱い火に手を、全身を、焼かれてみる。その結果、ケロイドが残るくらいで済んだら運がよかったと言って喜ぶ、おなじみのパターンで。とにかく、実際に動き出さなければならない時が来ていた。


村役場は赤い屋根が印象的な温かい感じの建物で、村のほぼ真中にあった。そこは二つの台地の接点でもあり、傍には川が流れていた。

村ではとりあえず、私たちの住む家を用意してくれていた。役場のすぐ傍に建っている、大きな石段のついた二階家だった。これ以上は望めない便利な場所で、とても助かった。

比較的広い庭には真中あたりまで姫竹が進出していて、敷地はそのまま小さな山のような斜面に続いていた。道路側の隣には丸くて、ログハウス風に木材で組んである可愛らしい建物があった。それは本数が極端に少ないバスを待つ小学生たちが、自由に出入りできる本屋さんだった。

　小学校はすぐ傍にあった。高校はちょっと遠かった。そこまで行くバスが一、二時間に一本しかないので、免許が取れる歳になったらバイク通学も考えなければならなかった。この村では各家に一人一台くらいの割で車があり、営利事業としての路線バスは廃れようとしていた。

　ちょっと村の様子がわかって暮らしに慣れた頃、歩いて二、三分の役場まで、毎日仕事をしに出かけることになった。役場は明るく、親しみやすい雰囲気だった。当然いろいろな課があって、それぞれの役割を果たしていた。「あけぼの象」という古代の象の化石がこの村から出土していたので、その整理作業をしている一画もあった。

　私は一階の真中あたりに位置する教育課の、空いている机を使わせてもらった。まず作品のリストを作る仕事から始めた。傍の席にいる職員さんは、一時期は千葉の、私の住んでいた駅の近くに通っていたことがあると言った。また、化石の整理作業をしていた人も、やはりすぐ傍に住んでいたことがあるという。どうしてもそれまで住んでいた所と地続きのような雰囲気だった。

まだ何も始まっていないので、子供の学校などで行事や役目があればそちらに行ってもいいことになっていた。すべてが初めてのことばかりで戸惑っている私に、役場の人も村の人もみんな本当に親切にしてくれた。

役場で最初から直接このプロジェクトに関わった担当の人は二人いた。どちらも優しくて親しみやすい人だったが、そのうちの一人は私と同じくらいの年なので気安く話ができた。子供の頃からずっと絵が好きだったそうだ。なんでも親身になって一つ一つ一緒に考えてくれた。私はできるだけ早く村での生活に慣れたかったので、空いた時間に野菜くらい作りたいと思い、その担当者に畑を借りられる所はないかと尋ねた。すると自分の家の畑で、空いている所を使えばいいと言ってくれた。おまけにそのご両親の指導つきでだ。

そのお宅には倉があり、相当な広さの畑と田んぼもあった。役場に勤めながらでもお米くらいは作れるのだと言う。村全体、どこを見ても美しいが、緩やかな起伏のある畑といい庭といい、遠くに山の連なるその場所は、そこにいるだけで心が和んだ。

ご家族は親切で、みんな気安くなんでも教えてくれた。私が子供の頃に育ったのはもともと村だったし、祖母は畑を作っていた。この村での暮らしに違和感はなかった。その雰囲気に馴染むのにも時間はそれほどかからなかった。第一関門は通過した。

北御牧は雨が日本でもっとも少ない所だそうだ。蝶の形をした台地は粘土質で、ジャガイモなどの作物は密度が高く、もっちりとした食感でとても美味しい。冬は厳しくて零下十四度まで下がるという。話には聞いていたので、そのために寒冷地仕様の車を準備していた。

むしろ慣れるのにちょっと手間取ったのは、関東ではあまり見かけない様々な虫だった。

寒いので、雨戸の桟などにびっしりと小さな虫が寄り集まって暮らしている。見たこともない虫がたくさんいた。引っ越した時は三月に入っていたが、まだまだ寒かった。

それからもう少しした頃、夜一人で一階の畳の部屋に寝ている時、とても恐い思いをした。夜中にザーッザーッとどこかから音が聞こえる。外の庭で誰かが箒でも引きずって歩いているのかと思ったような音だ。でも外を見ても誰もいない。そのうちになんとなく正体がわかった。床下の、私の寝ている畳の裏を、たぶん蛇が春になったので地中から出てきて這っていたのだ。それも慣れれば平気になったけれども。蛇は家の守り神だとも言われているし。

連れ合いもよく様子を見に来てくれた。交通の便はあまり良くなかった。行った当初は新幹線が通っていなくて、「特急あさま」で来ていた。その便もあまり本数がないので、夫が東京に出勤する時には朝の四時前には家を出なければならない。その時間はピリピリと凍った空気の中で、車全体が霜をふいた状態になっている。最初は窓にお湯をかけて溶かすのが大変だった。懲りたのですぐにカバーを掛けるようにした。暗いうちの出発は寂しいのと寒いのとでちょっとつらかったが、今考えればそれは幸せというものだった。

少し経つと暖かくなり、田植えの頃には村のイベントとして、他所からの観光客でも参加できる催しがあった。遊びに来てくれた友達の家族と一緒に、家族揃って田んぼに入ったりした。温泉が涌き、土地の特産物も豊富にあった。ビューラインを作る時に発掘された登り窯は移築され、この村の中にも新たに造られて、そこで村の人が陶芸を皆で楽しむことができる。本当に素晴らしい場所だった。

この頃は平和な時期だった。とにかく物珍しく、すべてが刺激に満ちていた。役場の中で私は仕事をしていた。そして村人としての生活もしていた。私は楽しんでいた。楽しみすぎていたかもしれない。それに村人と気軽に書いているが、本当の村の人にしてみたら、私はただ遊んでいるように見えただろうと思う。皆がしなくてはならないつらい仕事を、私は何もしていなかった。

昔からここに住む人たちは厳しい冬の寒さに耐え、粘土質の土地から作物を生み出すために大変な苦労をしてきたのだった。村のお嫁さんとして暮らす人と、話をする機会もあった。彼女によれば、仕事以外で女性がスカートを穿くなんて考えられないのだという。

遊んでいることになってしまうというのだ。現代の女性はもう少し変わってきているると思うが、彼女が子育てをした時には散歩などを楽しむことすら、はばかられたそうだ。ただぼんやりと歩くなどということも、遊んでいることになるそうだ。私にはまるで冗談を言っているように聞こえたが、子供と一緒に美しい景色を楽しもうとしても片手には鎌を持って、少なくとも草刈をしていると見られるように歩くのだという。本当にそうだったらしい。

驚いた。なんと偉い！　でもそれは本当に大変だ。現代の我が儘な人間には務まらない。私はやはり、とんでもない怠け者だった。

因縁話としてははっきり書けるのは、この役場の担当の人が関係している。畑を借りたこともあって、この人のご家族とも親しくなった。畑に至ってはついにはそのご両親が、忙しくなってしまった私の代わりに世話をしてくださっていた。キュウリなど、私がちょっと忙しくて見に行けないと、すぐにヘチマかと思うような大きさになってしまった。

このご家族の住まれている家は、私が初めて見るような素晴らしいものだった。敷地には倉もある立派な家なのだが、なんといっても驚いたのは家の中にツバメの巣があることだった。ガラス戸で囲まれた南向きの部屋には、そのための棚が作ってあった。季節になるとツバメが天井近くの決められた場所にやってきて、子育てできるようになっているのだ。

当然、ツバメが家と外を自由に出入りするための、開け放しの小窓がついている。面白いことに猫も飼っている。危険そうだが、ツバメは狩りの対象にはならないらしい。

風が、暖かな風が、家を通り抜けていく。庭には様々な花が咲いていて、それは一年中絶えることがない。冬場には零下十四度まで気温が下がっても、工夫を凝らしてちゃんと備えができていた。

この家の奥さんは私と同じ齢だった。話をするうちに、子供の頃からの友人が東京の専門学校に行ったということを聞いた。尋ねてみたら私が通った学校で、しかも同じクラスだった。特につきあいがあるわけではなかったが、見るからに元気で目のキラキラした印象の深い人だったので、よく覚えていた。しかもその人は同じクラスの人と結婚していた。夫婦揃って知っている人なのだ。

そのことがわかってから懐かしさのあまり、一度だけだが東京に出た時に尋ねていってしまった。皆それぞれの、やはり単純ではない人生を、一生懸命に生きていた。私は特につらい時期だったので、その人たちに励ましてもらった。互いに幸せを祈り合った。村に来てみたらこの担当者をはじめ、最初からとても他人とは思えないような人ばかりだった。

縁と言うなら猫もいる。交通弱者であった子供が乗るバスの発着所に、白くてお腹の大きな母猫がいた。もうすぐ子猫が生まれるところだった。おとなしくて賢いので、職員さんみんなに可愛がられていた。子供だけで家にいることも多いので、猫がいたら寂しくないだろうと思って、生まれたら一匹もらいたいと頼んだ。

しばらく経ってから、生まれたと言うので見せてもらいに行くと、色とりどりの可愛い子猫たちが、皆でくっついて寝ていた。親は白いのに面白いことだと思った。灰色の縞があるのがいた。三毛もいたし、黒もいた。トラやキジもいた。私としては灰色の縞があるのが気に入った。その時に抱かせてくれると言うので箱の中に手を入れたら、一番上に乗っていた黒くてお腹の白いのが、渾身の力で自分からしがみついてきた。それはそれで可愛かったのだが、また来る時はやはり、灰色の縞のある子猫にしようと思っていた。そして一、二週間して貰いに行ったら、子猫たちは母猫と一緒に散歩に出かけているという。箱の中には例の、元気のよい黒い子猫だけが残っていた。選択の余地はなかった。

この猫の顔はドミノのようで、全体としては黒いが口と喉からお腹にかけて、それと手足が真っ白である。目はこの時、青かった。モヘアのように長い毛が混ざっていた。最初は警戒心が強く、鳴けない猫なのかと思ったくらいだったが、慣れると大声を出せることがわかった。大きくなるとペルシャ猫のように毛足の長い、豪華な毛皮を纏った姿になった。目はいつの間にか金色になった。興奮するとちょっと凶暴なところはあったが、病気一つせず、子供ともよく遊んでくれ、考えてみるといつも助けてもらっているような気がする。元隣人は、いかにもお宅の猫らしいと言ってくれた。最初に住んでいた役場の傍から新築の家に引っ越す頃に、脱走した。まわりはちょっとした山だらけで、到底捜しだせない。あの強さなら狐や狸と戦っても生きていけるだろうと思って諦めていたら、引っ越す前の日に帰ってきた。ガラス戸を引っかいて、開けてくれと鳴いていた。以来ずっと一緒に暮らしている。長い毛のせいかブラッシングが大好きで、外に逃げていてもブラシを手に持つと駆け寄ってくる。

こうした中、私の仕事は美術館の建設工事が本格的に始まった頃から、確実に増えていった。

人は誰でも、ある面では正しいことだとしても、別の面を向けば間違ったことをして生きているのだと思う。この時期、私はこの地に馴染むことを目的として生きていた。それでも村人になった私には、また違う役割が期待されてもいた。梅野家の前哨地を守る者として、未知の組織と交渉するという役目があったのだ。それでもお互いに理解できなければ、何事も進まない。気安い村人として生活する私は、役場にとってては話がしやすい相手だったと思う。子育て中の母親としても、そうでないと困るのだった。個人的にはとても順調に進んでいた。役場の人たちと私の関係はとても良かったし、互いの立場もよくわかっていた。子供たちもそれなりに村に馴染んでいた。猫もいた。

しかしこの時期にすでに最初の、まだはっきりとは目に見えない問題がいくつも発生しつつあった。私が村に馴染みすぎれば、梅野家よりは村の仲間として働いているように見えるのだ。穏やかな口調で話し、慎重に行動する村の人と、頭の回転が速く、はっきりと主張して情熱的に行動する梅野家の人とでは、もともとテンポが違っていた。その差を縮めるための努力が、たぶん私には不足していた。

体質的に、少なくとも半分はもともと村人である私は、思ったよりも早く村の生活にも、その地の人とのつきあいにも慣れてしまった。その様子は義父から見れば不安に感じるものだったと思う。半年くらい後に義父が村に移ってきて一緒に仕事するようになった時、そのことは大きな問題となった。

息子である私の夫にも異変が出始めていた。それまでは私の実家で一緒に暮らしていた。

でも私がいなくなったので、そこに住むことに意味がなくなってしまったのだ。確かに会社からはちょっと遠すぎた。彼は新宿にある会社の近く、歌舞伎町まですぐのマンションで暮らすようになった。もともと問題の多い人だったのに、これは火種をガソリンの傍に置くようなものだった。彼は燃え上がっていた。

この最初の一年間は、私にとっては新鮮な驚きに満ちた、緊張はするけれども楽しい日々だった。しかし、確かに次に起こる様々な問題の下準備をしてしまった期間でもあった。

高性能の爆弾を作るための材料を、知らず知らずのうちに積み重ねてしまっていたらしい。その材料を山積みにした土台——私の家族——はそれ自体が、もともと普通では考えられないような危険な分子構造によって成り立っていたのに。

美術館の建設が始まってからはスケジュールに従って毎週のように会議があり、多種多様な打ち合わせが行われるようになった。建設現場に設置された事務所で、建設業者、役場、設計事務所からそれぞれの担当者、それに私までが加わって、設備や細かい備品に至るまで詰めていくのだ。役場で寄贈品や寄託品のリストを作りながら、それを展示する建物の工事が進んでいくところを見ていた。

地ならしから始まり、土台を築き、鉄柱が立てられる。ブルドーザーやクレーン車、ショベルカーなどが常に動いていた。とても大きな工事だった。

造ろうとしているのはとても大きな建物だった。

その場所は明神池という小さな湖のそばで、ゆるやかな起伏のある木立ちの中だった。水面は、冬には凍結してその上でスケートもできれば、穴を開けて魚釣りもできると聞いた。もっとも最近では気温が十分に下がらないので、そういうことをするには危なくなってしまったということだった。

始まった作業工程は、すでに村の事業として、揺るぎなく進められていた。もはや梅野家の個人的な活動ではなく、村主体の建設として進められているものだった。そこに参加している私は、微々たる部分について梅野家の希望を確認し、取り次ぐだけの存在だった。今になって改めて、私は申し訳なかったと思っている。義父こそ、ここにいなければならなかった。夫も、義姉もここにいるべきだった。本当はここにいるのは私でない方が良かったのだ。私には梅野家の夢を理解し、一緒にこの進展を味わってもらうための気配りが、明らかに欠けていたと思う。緊張を伴う子連れの新しい生活に自分自身が没頭しすぎていて、本当の目的がよくわからなくなっていた。

何ヶ月か見守っているうちに、美術館の建物は着々と出来上がってきた。コンクリートがきれいに固まり、その形がはっきりと現れ始めていた。建設会社の現場責任者に案内してもらって、皆でヘルメットを被り、迷路のようになった内部を見せてもらったこともある。まだ建設途中の建物は移動するライトに照らされて、まるで洞窟のようにしか見えなかった。狭い通路は暗くて湿っていて、水が滴っていた。

その頃には住居になる家の建築も始まっていた。次の年の四月には美術館が開館する予定だったので、急がなければならなかった。家を建てることになった土地は木々を伐採し、高低差があるので地ならしもする必要があった。必要な手続きや重大な決定などのために東京から家族が来ることもあったが、ちょっとしたことであれば私に任された。

収蔵する作品が東京から運ばれてきた時に、美術館が完成するまで一時的に収納する場所も考えておかなければならなかった。この問題については、美術館の近くに資料館があるので、そこに入れましょうという話になった。

準備は整いつつあった。春から秋にかけて、湿度の低い村は暮らしやすかった。山に囲まれた伸びやかな景色の中で、日々が過ぎていった。子供の学校の関係で、母親同士の知り合いも増えた。子供会や保護者会で知り合った人たちは、みんな気さくで活力に溢れた、賢い人たちだった。その一人の家の玄関にはスズメバチの立派な巣があって、家に入ろうとすると蜂がブンブン唸りをあげて飛び回っていた。こちらが何もしなければ向こうも何にもしないから大丈夫、と彼女は言う。刺された人はいないのだそうだ。何かにつけてとてもお世話になっていたこともあるが、私は彼女を尊敬した。まったく恐れる気持ちや疑いを持たないで、あんなに戦闘的な――私にはそう見える――姿の生き物と仲良く暮らせる人間として。

まず、義父より先に所蔵品がやってきた。銀座近くの倉庫から、車に積み込んで運んで来るのは大変な作業だった。こちらでは役場の人がトラックで、東京まで取りに行くことになった。向こうでは梅野家の人が集まって作品を梱包した。私もその時は家の車で村のトラックの後にくっついて東京に行き、久しぶりに家族と一緒に働いた。義姉や義妹と会ったのは久しぶりだったのでとても楽しかった。役場の人は私たちが本当の姉妹のように見えると言ってくれた。

そう広くもない倉庫には、ぎっしりと作品が詰まっていた。義父が十二年間続けた

「藝林」の活動で、所蔵品は膨大な数になっていた。いつもは使わないような神経を使いながら、役場から駆り出された人たちは山のような作品を積んだトラックを運転した。その車の一台は確か、冷房が効かなかったのではないだろうか。全員が大汗をかいて、資料館になんとか無事に作品を入れた。

資料館は美術館近くの小高い丘の上の方にあった。昔は蝶の形をした台地の片方に建てられた小学校だったそうだ。厳しい冬の間、あまりに遠くて通えない子供たちのために建てられたのだという。担当者の彼も昔はここまで通ってきていたそうだ。

外には美しい桜の木が植えられ、暖かく静かな佇まいはとても学校らしく見えた。作品を一つずつ確認する作業が始まった。絵が運び込まれた時、その膨大な量の作品は古い教室にまず収納された。大きな窓にはカーテンが掛かり、薄暗かった。

そこで担当者と作品を一点ずつ確認する作業が始まった。

中身を取り出してリストと照らし合わせ、チェックをしていく。それらの作品はライトを点けてもまだちょっと暗い教室のなかで、それぞれが持つ世界を垣間見せてくれた。今も覚えているが、どれもが何かほっとしているように感じた。

特に義父の蒐集の中では数少ない丸山晩霞の風景画が出てきた時に、そんな気がした。小諸義塾で島崎藤村と教えたこともあるこの人の絵は、やっと故郷に辿り着いたというように安らいで見えた。青木繁が信州旅行をした時、実際に会っている人でもある。重厚な色彩の山の絵は、再びこの地の一部となったようだった。

菅野圭介の外国風景を描いた作品ですら、そんな気がした。中村忠二の花の絵にしても。相吉沢久の瑞々しい緑色の半抽象の風景画も、薄暗がりのなかで静かに和んでいるように見えた。どれもがこの地と約束してあったように。不思議な感覚だった。

寄贈する作品のリストができると、美術館の中でそれを収納する倉庫についての計画を立てることになった。最初の段階での細かい要求に親切に対応してくださった方がおられた。本当に今でも感謝している。また、村の中には美術品の保存管理を専門とする方が住んでおられたので助けて戴いた。有名な「無言館」のお仕事もされている方であった。楽しく、パワーに溢れた若い方だった。この村は何故か、個性的なお仕事をなさっている方と、とても縁があるのだった。

作家の水上勉先生も今はもう亡くなられたが、その当時は近くに暮らしておられた。先生がこの地に来られたのは、標高七百メートルという土地が、健康のために最適なのだとお医者様に言われたからだそうだ。その時はすでに視力が十分でなかったそうであるが、何かの折には、館までお越しいただいたこともある。私はずいぶんご本も読ませて戴いていたので、信じられないような気持ちだった。こちらの眩しいような気持ちのせいもあるが、さすがにその存在感は圧倒的なものに思われた。

仕事としてはその他に、薫蒸の作業や保湿器の手配などについても考えなくてはならなかった。依頼する業者の選定もあった。保険の予算について、備品や装置などの経費について、役場と調整して発注しなければならない。村の予算はそれなりに厳しく、役場では大変な思いで費用を捻出していた。私の立場は、ここでは村の公共施設である美術館の学芸員だった。やはり私は村役場の職員だったのだ。

十分に予想はついていたことだが、梅野家の当主は村の人々から恐れられていた。

その発する言葉の激しさは、土地に根づいた生活をする人たちにとってはびっくりするようなものだった。ただ、義父にとっても条件は同じだったかもしれない。初めての環境なのだから。それまで家族に囲まれて安心できる環境の中で活動してきた義父には、役場という個人の顔の見えない相手が、一筋縄ではいかない壁のように感じられたと思う。

日本の村という在りようは、昔から人と人との関係においてかなりの忍耐力と、調整能力を必要とされるものであることは間違いない。芸術を愛する激情型の人間には生きづらいところなのだ。

個性的で特殊な活動は、それを理解してもらうための気長な努力なしには成り立たない。

村の公共施設として出発するにあたって、いきなり互いを理解し合うのは難しかった。

役場としては予算ひとつ組むにしても、梅野家の希望と村民の要求や感情とを考慮して、際どいバランスを取りながら決定していかなければならなかった。

私は嫁だったので、村の役場の人としては梅野家との交渉をする場合に気安い存在だった。激しい感情をそのままに表現する梅野家に属してはいても、他家から参入しているよそ者には違いなく、言ってみれば村の人と同じ立場だったからだ。

私はもともと、それがどんなものであれ、何かと何かの間に挟まるように生まれついているらしい。蝙蝠のようにどちらの仲間にも見えるし、どちらからも違うと言われてしまうような存在なのだ。

作品が到着した後、次いで義父が村に移ってきた。やはりまず、義父が住む所を探さなくてはならなかった。私の住んでいた二階家はあまり広くなかった。子供三人が寝ると一杯になってしまう。猫もいた。義父は担当者の紹介で、美術館近くにある広い新築のお宅の一部屋を、お借りすることができた。和風建築の、厳選された木材が使われてある立派なお宅だった。そこのご主人はやはり建設関係のお仕事だったと思われるが、水上先生のお宅の御用もされている方だった。気持ち良く義父を迎え、生活の不便を少なくするように心を砕いてくださった。毎朝そこまで義父を迎えに行って、一緒に仕事をすることになった。

根本的に義父はとても誠実で正直な人間であった。何についても納得している限り、当然問題はなかった。明神館という温泉ホテルがあるが、そこで美味しいお昼をご馳走してくれたりする甘い義父でもあった。それでも何かがあって感情がこじれると、一生懸命なだけに逆上しやすかった。

最初に一番の問題になってしまったのは、私が村の一員になってしまっているように振る舞い、梅野家の夢や希望を実現するためにまったく努力していないように見えたことだ。村の事情がよくわかってしまった者と、一国一城の主として暮らしてきた者の違いというのは、ない方がおかしい。

おまけに私は大きな会社の勤めなどしたことがなかった。気ままに、自由になんでも話したり行動したりしてしまう我が儘な習慣が身についていた。また役場の人もそれまでの習慣で、なんでも私に話せば済むと思う。私も気安くそれを受けて、小さなことではいちいち義父の許可を得ないで、それまで通り勝手に返事をすることが多かった。

子連れで義父よりも早く住み込んでしまった私は、その環境にあまりにも慣れてしまっていて、義父に不安を抱かせてしまうような行動をしていた。小さな積み重ねがあって、ついに義父は私に疑いを持つようになってしまった。この年一杯、火種はあちらこちらに撒き散らされていた。でもまだ別々に暮らしていたし、私はそうしたことに気がつかなかった。

それで表面上はまだ、火事には至らなかった。

義父はオープンに向けてスケジュールを立てることから始めた。図録やパンフレットの作成、報道関係に対する発表のタイミング等について考えていた。それぞれに期限を設けて、精力的に活動していた。

開館に間に合うように作らなければならない図録の表紙は、息子の考えたものになった。

青木の「眼」が使われているデザインである。圧倒的な迫力を持って、誰にも有無を言わせず、もう当たり前のようにそれに決まった。ポスターも同様に、そのままのデザインが使われた。義父もやはり息子の感覚は鋭いと言っていた。

資料館で作品の整理や、写真撮影といった仕事を一緒にしているうちに、冬になっていた。半端でない寒さに、水道管も凍る。トイレの水も流せないような凄い環境になった。

そういう時には義父と嫁は戦友になり、ずいぶん面白い経験もした。他の要素が何も入らなければ、私たちはとても息があっていた。

六十年だか七十年だかに一度の大雪が降った年でもあった。朝に義父を迎えに行く時、吹雪のために車が山道で立ち往生した事もあった。私にとってこの村で過ごす冬は初めてだったので、ここは豪雪地帯かと思ったくらいだ。

いや、私たちも初めてです、と村の人は言った。

美術館オープンに向けて

総合交流促進施設として建設された美術館は、

「北御牧村立梅野記念絵画館・ふれあい館」

という名前になった。


平成十年の正月は、村で挨拶回りをするので忙しかった。義父はあまり飲めないお酒をかなり飲んでいた。

正月が明けると、すぐに仕事が始まった。開館は四月の予定だったので、それまでに済ませなければならない仕事は山のようにあった。また、それまでに義母が新築の家に引っ越してくることについても、計画を立てなければならなかった。

この時までには役場に頼んで、美術館で働いてもらえるスタッフ数名をなんとか都合してもらっていた。

まだがらんとした、新築の匂いのする建物の中で、開館に向けた準備が始まった。広報の仕事、工事関係、作品の収納と展示計画、すべてがこれからの状態だった。朝から晩まで、役場から来た担当者や様々な工事の人が、入れ替わり立ち替わり館の内外で働いていた。活気に満ちていると言えば、これほどの騒動は経験したことがなかった。

一時間ほどの内に何十人もの相手に対応するのだ。収蔵庫の鍵を取り付ける業者さんと監視ビデオの設置をする人たちが朝から作業をしている。その進行状況の時々に立ち合って、確認をしなければならない。

開錠のための暗証番号も決めなくてはならない。最後にはそれらの機器の取り扱いについて説明も聞く。さらに電話の回線も、各種のライトの設置も、すべてが同時に進行していた。展示室に取り付けるライトの高さについて、間隔について、実際に試して調整もしなければならない。一緒に立ち合って、そこでいいという位置を決めない限り、作業する人は設定できないのだから。合間には展示用のボックスをはじめ、多種多様なものが切りなく届く。

つなぎや作業着の人で溢れている館の中で、ちょっとでも時間があれば、どこに招待状を、パンフレットを送るかについて確認しながら手配をしていた。開館記念展に必要となる作品のキャプションも、まだはっきりしないものや追加になるものがあって作り続けていた。額やマットの手配も後から後から必要になった。職員の制服についても、間に合う期限までに決めて、発注を急がなくてはならなかった。

また、「藝林」時代のお客さんたちは「友の会」となって力強く応援してくださっていた。この村を紹介してくださった方もこの会の主要な推進力として活躍してくださっていた。

素晴らしい作品を美術館に寄託してくださる方もたくさんおられた。義父はとても強い運勢を持っていたのだ。そういう方たちとの連絡も含めて、オープンセレモニーなどの準備を始めなければいけない、すでにぎりぎりの期限だった。

設備関係の作業が少し収まってきた頃には、今度は新聞やテレビなどの報道関係の方が、取材のために日に何人も訪れるようになっていた。やはり青木繁の知名度はとても高かった。それらの取材の日時もスケジュールを調整して決めなければならなかった。

しかしこの頃までに、義父の神経はあまりに酷使されていたうえに、前の年から潜伏していた私に対する疑惑が、ますます膨れ上がってきていた。村とのやりとりも、スピード感の違いに苛立ち、希望する段取りと違うやり方になってしまったり、報告が漏れたりすると、すぐに逆上するようになった。そして私はいくらメモを取っていたとしても、あまりの混乱状態の中ですべてを把握するということは難しかった。

寄託して戴く予定の作品で、まだ到着していないものもたくさんあった。契約書を取り交わすことはもちろん、搬送についても、保険についても、手配が必要だった。作品が揃っていないのだから、展示の準備もまだ完璧というわけにはいかない。招待状もまだ全部出せていない。遠くから来てくださる方のために、宿泊施設の手配もしなければならない。あらゆることがまだ中途の段階だった。

開館まであと二週間ほどに迫った頃に尋ねてきてくれた元隣人は、まだ作品の展示もまったくできていないのでびっくりしていた。仕事が終わってから一緒に明神館の温泉に浸かっていると、館のスタッフ――実は役場の偉い方の奥様だった――が、傍に来て私の背中を流してくださった。それを見て元隣人は、私が村の人に優しくしてもらっていることを知り、我が事のように喜んでくれた。

義父は精神も肉体もぎりぎりの状況の中で、一世一代の美術館のオープンに向けて、すべてを賭けて闘っていた。正月からの無理が祟って、体調も万全ではなかった。もともと心臓の手術をはじめ、いろいろな持病も抱えていたから本当につらかったと思う。

もはやひとかけらの余裕もなくなった。周りにもびりびりと緊張感が漂い、指示する声にも怒鳴る声にも、こちらの心臓が止まるくらいの迫力がこもっていた。

義父は私と一緒に暮らしているために、当然すべての生活レベルにおける私の不都合な欠点を知っている。館で長々と、しかも凄い迫力でする説教には、家庭の問題まで――たとえば子供の育て方に至るまで――混ざってしまうことにもなった。向きが変わって飛び火する場合もあるスタッフにしても、苦労は大変なものになった。

私自身どうしようもなくて、何も知らない立場の方に泣きついてしまったりもした。

その不運な方にとってはそのことが重い負債のように、心にずっと残ってしまったことを後になって知った。申し訳なかった。その方は本当に優しい方だったのだ。

展示の作業が実際に始まった頃、夫も来てくれていて、この額が曲がっているとか、ここはこうした方が良いとか、客観的な視点で注意してくれた。しかし、その時までにあまりにも神経が磨り減っていた私は爆発した。今までのこの騒動を知らなかったくせにと泣いて怒った。うろたえた夫はなんとか私を宥めようとしてくれたが、双方とも傷は深かった。

周り中が私の置かれた立場をどうしようもなく、固唾を呑んで見守っていたと思う。義姉も大変なのはわかってくれていて、泣きながら、ごめんなさいね、お願いだから我慢してちょうだいね、と私に頼んだ。夫の場合はその時の影響がまたもう一段、変わった方向に出てしまったようだが。

私もこの時は義父より若くて健康とはいえ、やはり、かなり参っていた。

そんな状態で開館記念展にむけて準備をしている時、心の余裕もなく、神経はささくれ、目は血走った状態だったけれども、実は沢山の美しい絵を毎日見て過ごしていたのだった。

両極端の世界を同時に、見て味わっていたようなものだ。動揺と静寂、混乱と調和、興奮と沈静。肉体と魂——。

例えば、菅野の絵はかなりの数が展示された。最初はフランス文学を専攻していたにも拘わらず、画家に転じた人だ。

彼の作品は義父の蒐集における最大の看板で、ダイナミックなフォルムと浪漫の溢れる画面には王者のような風格があった。菅野は彼自身が統治する心の王国を、自在に表現する能力に恵まれていた。その色彩には他の追随を許さない清冽な鋭さがあり、限りない自由がある。大作の油彩画、「ハイデルベルク」や「哲学の橋」などは、彼の嗅いだ西欧の空気をそのままに周囲を圧倒していた。

私は海を描いた半抽象の絵が特に好きだった。春の風を思わせる淡い色調の画も、黒く見えるほどに深い青の海の画も。何種類かの似たようでいながらそれぞれ磁力を持つような作品の前で、やっと息をついていた。ばたばたと駆けずり回りながら、あまり大きくはないそれらの絵が並んでいる一画を常に意識していた。菅野は高校の友人の親戚だったのだ。どうしても始めから、特別な縁があると感じていたし。

過労から、義父はついに体調を崩して入院した。それでも、とにかく毎日の進行状況は知っておかなければならないので、私は館の仕事が終わってから病院まで報告に行った。義父にはいろいろ説明することも必要だったし、指示を受けなければ決められないことも多かった。

安静にしているようにとお医者様から言われているにも拘わらず、義父は朝からベッドの上で、毎月欠かさずに配布している月報の文章などを書いていた。病院の、早い時間に出る夕食の後、いつもジリジリしながら私を待っている義父と、長い時間のかかる打ち合わせをしてから、ふらふらになって家に帰った。その途中、ぼんやりと運転していて車を縁石に乗り上げ、タイヤをパンクさせたこともあった。そこからかなり距離のあるガソリンスタンドまで助けを呼びに走ったりして、いやがうえにも疲れは、それまでの過去最高レベルにまで達した。

限られた日数になってカウントダウンが始まっても、カレンダーに書き込まれた無数の必要事項をやっとぎりぎりで潰している状態だった。最後には髪の毛も逆立ったような在り様で、駆け込むようにオープンに漕ぎつけたのだった。義父もその式典の日の朝までになんとか間に合って、病院から戻ってきた。

ようやく迎えた開館の日は、もう夜が明ける前から目が覚めていた。身体も気持ちも何か自分のものでないようで落ち着かなかった。実家から母が手伝いに来てくれていたので、とりあえず子供の心配はしなくてよかった。まだ準備中だった開館前に、私は村のケーブルテレビから取材された。しかし緊張のあまり、何を言っているのか自分でもよくわからなかった。

開館すると同時に、こんなにご縁のある方がいらっしゃったかと思うほど、たくさんの方が来場した。とにかく人が溢れているので、誰も落ち着いて絵など見られなかったと思う。その時は連れ合いもずっと私と一緒にいてくれた。彼の会社の社長も東京からわざわざ出向いてきてくださったが、義父にご挨拶をなさってすぐに帰られた。

もともとそういう場所に長居なさるような方ではなかった。

美術館のホールからの眺望は素晴らしかった。連なる山々の荘厳な姿が、明神池の彼方に屛風のように展開している。参列者の間からは感嘆の声があがった。

レセプションでは然るべき立場の方々のご挨拶があり、大川美術館館長大川栄二氏、お世話になった友の会の方、村の有力者の方などからの祝辞を戴いた。梅野満雄について誠実に調べて本を著してくださった福岡ユネスコ協会の竹藤寛氏も出席してくださっていた。

祝賀パーティーのために用意された会場で、やっと念願が叶った梅野家の人々は喜びに溢れて互いに抱き合った。いや、全員ではない。義父と、義姉と、私は抱き合った。義姉は大変でしょうけれど、よろしくお願いするわね、と言って泣いた。私はお姉さんがいるから大丈夫よ、と答えた。それは本当に確かなことだった。義父と私もやっとここまで来られましたね、と感動を共にした。これからも頑張りましょうね、と言い合った。

今にして思えばよくわかる。耐えてくれた、そして支えてくれた夫に抱きつかなかった私は、この時にも家庭を崩壊させるに十分な間違いを犯してしまっていたのだ。

この一連の怒涛のような仕事の中で、肝心の夫に対する注意力は本当にまったくの空白だった。私は常に義父と至近距離で暮らしていた。そして、この騒動に頭の大辺から足のつま先まで巻き込まれていて、他の何かを感じたり考えたりする余裕がまったくなかった。ここまではとにかく誰もが、前を向いて突っ走るしかなかった。でも実は、本当にここからが問題だった。

芸術の価値、そして生活

信州の北御牧村に美術館を建てることになったのは、やはり青木繁の縁だと思う。彼が妙義山あたりをスケッチ旅行した際に描いた作品群が、現在もここに展示されている。ようやく安住の地を得られたというところかもしれない。作品を保護するために照度を落としてあるので、ちょっと薄暗いコーナーに展示されている。

　候補地ならば、実は他にもいくつかあったのだ。福岡県の八女にある、坂本繁二郎のアトリエが建っていた梅野家の敷地も、普通に考えれば最有力の場所だった。けれども梅野満雄は晩年になって坂本繁二郎と決別したらしい。その理由など本当のところは誰にもわからない。でもそれが芸術上の問題であったことは間違いないと思われる。

　坂本繁二郎の没後にそのアトリエから、若い頃に青木から預かったらしい、一連の能面のスケッチが入った包みが見つかった。このスケッチは青木の、単なるデッサンではない、ものの本質を抉りとらんとする、ぎょっとするような作品群だ。坂本はそれを誰にも言わずに自分で持っていたのだ。しかも彼が求道者のように歩み続けた画家として、最後のテーマに選んだのは能面だった。

　坂本繁二郎が立派な画家であったことは間違いない。しかし、それでも尚、彼が人には言えないなんらかの葛藤を抱えていたことは確かだった。

かなり経ってから、「藝林」時代だったと思うが、青木や坂本の業績を称える、櫨の木をイメージした公園構想が持ち上がったことがある。しかしその時もやはり、いろいろな障害があって実現することは叶わなかった。結局、坂本繁二郎のアトリエは久留米市に芸術公園ができた時、そこに移された。坂本のアトリエがなければ梅野家の敷地はあまり意味のない、寂しいものになる。地の利が良いとは言えない場所なのだ。

千葉の房総の白浜にしても、もし満雄の孫が海洋美術館に根づいていたなら、青木が若い日に代表作を描いた海辺の近くで落ち着いたかもしれない。

信州の話が決まりかけていた頃、福岡出身の有力者から打診されたこともある。

また大分県の由布院からも、その地にどうかというお誘いがあった。

その時は一応、見るだけは見ておこうということで、夫と私の二人が行かせてもらった。観光地として、それはもう素晴らしい所だった。でもそこには驚いたことに、贋作と知っていながらたくさんの作品を展示している美術館があって、それなりに経営が成り立っていた。

青木繁の作品だという絵もかなりあった。それなりの苦労も、また弊害もあるのだろうが、この世のビジネスとして、営利事業として、それも一つの選択肢なのだ。最終的に、信州の妙義山の近くで景色も空気も清浄な場所が、彼のために用意された。

私はここにある彼の作品群が、現在もなお、縁あるものにただ事でない影響を及ぼしていると思っている。作品の中には強烈なパワーを発散させている眼のスケッチもある。

しかし、青木の作品が現在受けている評価は、なぜ彼が苦しんでいる時には受けられなかったのだろうか。そのスケッチ一枚でも、現在における価値をその当時に持っていれば、彼は外遊だって堂々とできたではないか。この世はその人にしてしまった不当な扱いに対するお詫びとして、後の世での待遇を手厚くするものなのだろうか。評価というものはなぜこれほど難しいのだろう。

ヴィンセント・ヴァン・ゴッホのことを考えてみてもよくわかる。彼の作品が、当時はまったく価値のないものだと思われたにしても不思議はない。彼が表現しようとしたものは、特に冒険心に溢れているわけではない普通の人から見れば、なんでもすべて、現実の姿からはまったく変わり果てた姿で、画面に定着させられている。整然とした、きれいな、あるいは本物そっくりの、当時の社会で権威を持って君臨していた絵画とはあまりにもかけ離れている。どういうふうにその絵を見ても、また本人の実際の性格や生活ぶりなどからも、狂人としか思われなかったに違いない。

弟のテオが、本当は売れてもいないそれらの絵が売れたと嘘をついて、可哀相な兄を助けていたらしい。芸術に意味など見出さない人からみれば、この兄は本当に許し難い人間である。自分のしている仕事はきっと報われると言い張って、心は痛みながらにしても殆んどゆすり、たかりと変わらない強引さで、弟に生活費や材料費を要求していたのだ。

この弟は実に素晴らしい理解者だった。でも、肉親の持つ深い愛情があったからこそ、そこまでできたのだと思う。その彼にしても、まさか現在における兄の作品に対する評価は知るまいが。

誰かの作品がもし、いつか日の目を見ることができるとしたら、そのためには、鋭く深い観賞眼にもまして、徹底した愛情が必要だということなのかもしれない。牧師であったゴッホの父にしても、その深さと大きさに至っては神にも匹敵するくらいの愛で、息子を守り続けて人生を終えたらしい。それほどのものが必要とされるのだ。そして実際のところ、その時代に生活する他人にとってそんな絵の価値など、彼、あるいは彼女の人生と何の関係があるというのだろう。

義父は所蔵品の展示を精力的に展開していった。あちこちの美術館ともやりとりをした。

作品を貸すことも、借りることもあった。私は車で新潟をはじめ、近隣であれば他所の美術館まで作品を届けに行ったり、また引き取ってきたりもした。そういう用事があって訪ねた美術館で、うちの美術館の説明をする時には、胸がはちきれそうに誇らしい気持ちがした。私はそういう時に、館長の息子の画家としての感性が、これからの美術館の発展に役に立つだろうということをよく語った。私はこの父と息子の共同作業による夢の達成を夢見ていたのだ。義父の所蔵していた作品は、この館で開催する展覧会に相応しいものばかりだったし、それがさらに次の縁を呼んだ。

一度、全国規模で企画される学芸員の研修に行かせてもらったことがある。義母の編んでくれた襟巻きをして、バタバタと出かけた。現在の美術界を活気づけている、とても美しい表現をたくさん見せてもらった。生成りの布を何重にも垂らして風になびかせ、とても懐かしく聴こえる音が効果的に使われていた作品もあった。それらは今も強く印象に残っている。やはり表現というものはどこかで繋がり合っていると感じた。

私はその時とても幸せだった。しかし、今になって思えば義父も義母も、息子より嫁の方を大事にしてくれてしまっていたのだった。強そうで、実際に力もある息子は、親に甘えることができなかった。

館のホールではこの村出身で芸術大学の先生をしておられる方の披露宴が行われたこともあった。芸術村公園の中心部に架けられた橋の欄干をデザインされている先生だ。美しい花嫁さんは、清らかな景色によく似合っていた。その時に来賓の一人でイスラエルからおみえになったという方が館長の顔を見て、ああ、貴方はユダヤ人ですね、とおっしゃった。そう言われれば鼻が高くて威厳がある。何かの繋がりがあって、そうであってもおかしくはないと思った。

　また中国から亡命されて国際的に活躍されている傅益瑶《フィーヤォ》さんとおっしゃる女流作家の方がこの村に昔からのご縁があり、展覧会をされたこともあった。もうそれほど若いとは言えないお年だったけれども凄い美人で、日本語も達者な方だった。私たちスタッフに対しても色紙にすらすら、それぞれに読んで嬉しくなるような言葉を書いてくださった。

　私には「青山石老」と書いてくださった。私はそれを読んだ時、初めはとんでもない年寄りになったような気がしたものだ。石のように年を取っているということなのかと。でもその方がおっしゃるには、「青々とした木が繁っている山は、石のように老いる。つまり、老いない」ということなのだそうだ。ぱっとあたりが明るくなったような気がした。なんと素敵な言葉だろうか。

　この方はご自分でスカートの綻びも繕われる。こんなこともできないようでは生きてこられませんでしたよ、とおっしゃった。生命力の伸び伸びと表れた、ダイナミックな日本画を描かれる。館長の頬にキスしてくださるような、お顔を見るだけで楽しくなるような方だった。

収益も上げて村に少しでも貢献したい義父は、要所要所の駅にポスターも貼り、広告も打ち、営業についても頭を絞った。だんだん慣れてくるに従って、ホールでは喫茶コーナーのサービスも始めた。絵葉書やカレンダーなどのグッズも売るようになった。美しい景色と東京から応援してくださる友の会の応援もあった。報道関係からの関心も集めて、展示されている作品の質の高さで名前もあがるようになった。観光バスで乗りつけてくれる有り難いお客様もあった。

喫茶のサービスは大変だけれど面白かった。館のスタッフのご縁でY先生のケーキを置かせて戴いたこともある。私が朝、車で取りに伺った。きびきびと明るい、素敵な先生の作るケーキはとてもきれいで美味しく、ちょっとおまけして戴いたこともあった。そんな時は本当に嬉しかったものだ。

バスで来られたお客様は一度に何十人もホールに座り、景色を堪能しながらコーヒーや紅茶を楽しんでくださった。しかし実はこれが、とても大変なことになる。注文を伺ってから用意して、持っていった時には一斉に席が替わっている。もうどこに運んでいいのかわからなくなっている。各自の申告でしか確認のしようがなくなっていた。でも有り難いことに、間違えてしまっても誰も怒ったりはしない、優しいお客さんばかりだった。

美術館には華やかに、たくさんの花が植えられているというイメージを誰もが持つ。でも、冬には零下十四度という気温のこの土地柄では、適応できる植物は限られていた。この地で暮らす人にしかわからない、豊富な知識が必要だった。だから、ここの地質や気候に詳しいスタッフの方の知恵に、本当に助けてもらった。一緒に苗を植える時は、どんなに楽しかったことだろう。

樹木の多い場所に建つこの建物にはメンテナンスも必要だった。屋上の枯葉を掃除することも仕事のうちだった。普通のビルでいったら三階くらいはありそうな高さの屋上まで、はしごを掛けて登ったこともある。建設を担当してくださった偉い責任者の指導のもとで登ったのだが、その恐ろしいことといったらなかった。今だったら絶対にできないと思う。屋上にはやはり枯葉が積もり、水が溜まっていた。その葉っぱはどうしても集めて処分しなければならなかったのだ。

村の塵処理場まで、館から出るゴミを軽トラックで運ぶこともあった。これも私には面白かった。役場の軽トラと私はとても相性が良かった。館の仕事はそれだけを考えれば楽しいものだったのだ。

ただ、義母に対して申し訳なかったと思うのは、この館での仕事にかこつけて、私は家の仕事にはほとんど役に立っていなかったということだ。義母の嫁だった時のことを考えれば、本当に気の毒なことだった。義母は、義父と私の弁当まで作ってくれていたのだ。

義父と私は基本的には良くわかり合える人間同士だった。お互いに剥き出しの感情は誤魔化しようもなく、何を目的として活動するのかということも理解し合えていたと思う。館の仕事自体は義父の使命感や、必死の努力で価値のある活動になっていた。芸術、と一言で済ますことはできない。それは人生そのもの、世界そのものを内包している。

古代から、宗教と非常に深く関係がある。もとははっきりと祈りや呪《まじな》いの役割を負ってもいたらしい。西洋と東洋では持っている歴史も当然ながら違う。文化圏の違う所にはまたそこ固有の真実が表現される。それは信じている世界観の違いでもある。信じる神の性格も、尊ぶものも、様式も、決まりごとも、みなそれぞれ違うのだ。

現代においては世界中で、それこそ千差万別のバリエーションが百花繚乱の状態だ。西洋美術といわれるものの中では誰の目にもはっきりと目に見えるように、偉大な神の降臨などを再現した宗教画や、並ぶもののない権威を知らしめる国王や皇帝の肖像画が、作られた当時そのままの栄光を示している。写真技術のない時代にそうした描写力が崇められたのは当然だ。

近代になるとその技量を使って、宗教や政治的な権威から開放された純粋に個人としての表現が可能になった。光や色彩そのものの効果も研究され、究められて、写実とはまた一線を画す世界を確立した。そして現代では写真のような機能や、完成された表現とはさらに別の可能性も追求される。今やその過程とか、感覚それ自体、日常の生活器具すらも、そのままで表現となりえるのだ。環境芸術というものもある。

また、精霊を尊ぶインディアンが吹く笛の音のように、目に見えないけれど確かに、何かを感じられるイメージを捉えて表現するという方向もある。

人それぞれの感覚、感情も、ロケットを打ち上げられるほどの科学技術も、神への憧れも、古代からこの現代社会までのすべてを網羅して、芸術と呼ばれる。

それらの無限の可能性からしたらかなり限定された、レトロな作品がここでは愛され、収蔵されていた。デジタルでない、アナログそのものの古風な表現が、義父の真骨頂だった。人間の手による表現で、作者の息遣いが感じられるような作品が数多く所蔵されている。

一九九八年の十二月から一九九九の一月まで、板祐生の展覧会があった。この人の作品には日本の民芸品の真髄があると思う。鳥取県の西伯町法勝寺の人で、山田谷《やまいだ》の分校の教師として生涯を送った。郷土玩具等を題材にとって、謄写孔版画で夥しい数の作品を残している。

義父が遥かな遠方まで訪ねて行った、それほどに惹かれた彼の作品の世界には、日本人の心の中に間違いなく存在する故郷を感じさせてくれる何かがある。無邪気な子供の心のような明るさ、優しさ、あどけなさを放射している。張子の牛だの、紙人形だの、鯉や鶴の縁起物だのの魂に寄り添って生み出された作品が、可愛らしく豊かな、温かい世界に誘ってくれる。

美術館の無機質な壁が、それらの作品を飾ると一瞬で、水分を含んだ紙や木の温もりに満ちた世界に変わった。

様々な厄介ごとを抱えてその前を通るたびに、いつも心が軽くなったことを思い出す。

義父が「藝林」時代に良く言っていたことだが、壁紙派、といって壁に掛けるのにちょうどいい、部屋にマッチした装飾品として絵を愛する人たちがいる。もちろん、それはそれでよい。どんなものにでも、そうでなければならない役目がある。

義父の評価の中で最悪なのは証券派というものだった。節税のために評価の確定した芸術作品を収蔵する。その作品に特に愛着があるわけでもなく、単に財産価値として見る。

それは証券と同じ認識による、手堅い投資にすぎない。金額が明記していない分、秘匿性に優れている。その作品は人に見られることなく金庫に死蔵される。これが芸術愛好家からすれば一番つまらないことなのだった。また、愛好家であっても盗品とわかっていて入手して、自分だけで楽しむ者もいる。これもやはり社会にとっては死蔵になる。

他にも芸術に関してはいろいろな見方ができる。作家の在り方も様々だ。大家と言われるような人の作品は、社会的に成功するに相応しい磐石の強さがあり、揺るぎがない。政治的な力も含めて大きいのだ。その一生を通じて、またその後の評価も非常に安定している。

　多くの人に支持され、権威を持つ。その分野に属する集団の、重鎮としての役割を果たす。

　さらに縁起物のように、富士山があって、鶴が七羽とか八羽飛んでいるような吉兆を表した作品もある。そういう役目を果たす作品を望むなら、真黒いカラスが四（死）羽とか九（苦）羽とかの描かれている絵などは論外だ。また、身体が不自由な人の、だからこそ全身全霊を込めた作品なども、様々な美しさに込められた思いやその努力自体、精神力自体までもが人に勇気を与え、心を打つ。


　そして、そういうすべてのものに役割も価値もあるのを承知のうえで、なお且つある種の人たちが飢えたように憧れる芸術というものがある。

　義父にとって本当の芸術というのは、作家の魂が乗り移っているとまで思える、その一つ一つの作品に命自体が落とされているような、純粋な自己表現のことだった。

自分にしかできない表現というものを、この世で受けられるすべての恩恵にも増して切実に望んでしまう。そういう人間が生み出す作品のことだった。他のどんな分野にしても、勿論そうした境地は存在するが。

芸術を志す人間の場合においても、一途に突き進む求道者のようであったり、また、一見だらしのない半端者の姿であったりと、見かけは一様でない。しかし、生み出した作品にその人間の思いのエネルギーと夢が、すべて昇華されているものなのだ。私はとても恵まれていた。私が心から共感できる作品に囲まれていたから。

義父のその方向性、本質を問う真剣さ、それに対する感性には少しの揺るぎもなかった。義父自身が命を賭けているその仕事は、本当に尊敬できた。

ただ、ここに私なりの葛藤——いや、はっきりと耐えがたい気持ちと言おう——が、あったことは正直に認めなくてはならない。義父の言動の中に、表現した作家以上に、その作品を認め得る自分の方を、芸術家として高く評価する自意識が感じられたことに対して。

もちろん、そういう面があることは確かだ。作家だけでは成り立たないのだから。作品や作家の本質を見抜くことのできる、優れた眼力の持ち主が必要だ。

そしてその自負、大いなる自尊心、絶対の確信こそが、芸術家の芸術家たるゆえんなのだ。それはわかっている。自分自身を評価できないでは、どんな自己表現も徹底することなどできないということは。

ただ、傍にいる人間はその自意識の強烈さに辟易する。みんなはもっと謙遜して生きているのだから。どんなに小人であっても、プライドというものがある。それを侵されては生存もできない程のものが。まして私は自分だけでなく、周りの人にも気を遣う立場だった。

一人で興奮して皆を傷つけている館長を黙らせるために、棍棒か何かで気絶させられないものかとまで思ってしまったことも、一度や二度ではない。

そして、この葛藤こそが周り中に不穏な空気を、私の隠そうとはしていても実際に持っている耐え難い気持ちが毒を、撒き散らしていただろうとは思うのだ。大事な家族にも。

家族騒動の顛末

一九九九年の九月から十月にかけては、宮芳平の展示だった。

祈りというものを教わった展覧会である。

彼は諏訪高女の教師であったが、とにかく絵を描く姿勢も生きる在りようそのままに、祈りそのものだった。キリスト者として、その題材は愛だった。

その作品からは放射する光が感じられるほどだ。「聖地巡礼」など、その真髄と思う。

ご遺族の方も本当に温かくて愛情に溢れておられた。お宅に伺った時も、愛に徹した精神性が行き渡った生活の場は、こちらの心まで癒される思いがした。

厚塗りの画面は祈りに祈った道筋を表していて、一筆一筆に込められた想いがはっきりと滲み出ている。

私の心の内にある祈りと共振して、それらの画を見ている時には涙が出た。

年の瀬から正月にかけては中村忠二展だったろうか。写真で知っているこの人は被っているベレー帽のせいもあって、彼が描く蟻や、コオロギやバッタといった虫さんの仲間と似ているようにも見える。

「藝林」の最後の頃だったと思う。「虫さんとお話できる人がいる」と、義父が興奮して彼の画を見せてくれた。確かに、絵の中の虫が語っていた。作家と心を通わせて。義父はずっと前からこの人の存在は知っていたようだった。

その時に羽黒洞という画廊で出した、「らくがき集」という画集をもらった。忠二は詩人で絵描きであるが、無線技師として船に乗っていた人だ。まず大家とか、権威といったイメージから、これほど遠い人も珍しい。あばら家に住み、薬缶だの窓だの、食卓の上の焦げた魚だの、野良犬だの、蟹、様々な虫、野の花、なんでも絵に描いた。洒落た、自分で美しさに打たれて泣いてしまうような抽象画も描いた。画を描かなければ自分はただのヤクザ者だと思っていた。それで、彼の心の中にある無限の宇宙が表現できたのだ。

人間としてわかりやすい。もちろん、かなり変わった人ではあったようだが。同じ奥さんと三回も結婚したそうだ。その人生は、やはりとても大変ではあったろう。

高価な画材には縁がなかった。安い紙に絵の具。墨。息をするように絵を描いた。落書きのように。

でも、色、線、形、すべてが何といっても温かい。で、展覧会中ずっと私はその愛を毎日もらって、やっとのことで暮らしていたのだ。私も大変だったので。


開館して二年目になろうとするくらいだったろうか。北御牧村にオウム教がやってきた。

上九一色村《かみくいしきむら》から立ち退かされた後、次の候補地としてこの村を目指してきてしまったのだ。間違って誰かが土地を提供してしまったらしい。村は戦々恐々として、その土地に信者たちを入れまいと頑張った。村長の指揮のもと、鉄条網による柵を設け、道を塞ぎ、夜中の見張りを立ててかがり火を焚いた。それは冬のことで、義父と私も村の一員としてその警戒の当番を引き受けた。高台から、そのバリケードに囲まれた建物に、誰も出入りさせないように見張るのだ。夜中も盛大な焚き火をし、その傍で皆が心を一つにした。

オウムにこの村の一部を乗っ取られてしまっては、誰にしてもとても平和に仕事はできない。幸いなことに外部からのいろいろな助けもあって、暫くしたのちに信者たちは村を出ていった。後で聞いた話では、これは館を応援してくださる友の会の方が働いてくださったので解決したものらしかった。

館の仕事はまあ順調と言えた。村の人もそれなりに慣れてくれた。それなのに私がいられなくなったのには、いくつかの大きな原因があった。

義父はお殿様だった。私は召使いなのだが、ちょっと勝手者でもあったことは悪かった。

我が儘であったことも認める。しかし義父が自分に理解できない、納得できないものを私になんとかさせようとしたことには無理があった。最初は村というものの構造上やむを得ない、役場の対応についてだった。時間はかかるし誰に対しても配慮しなければならない。

またさらに、夫の感情の問題がこじれた。義父も私と同じ理由——仕事だけで余裕のないことがまずあったが、親子ともに芸術家としての宿命を持っていることを思わせる難題でもあった。

今になって思うと夫は、私が義父について覚えている感情的な葛藤にも、義父が私を苛めているように見えることにも、どちらにも耐えられなかったと思う。また、彼を差し置いて仲良くしているように見えても、駄目だったと思う。屈折した人間関係の中で育ち非常に鋭い知覚を持つ彼は、家族間の意志疎通や共感といった、ある感情的な枠組みの中では、人よりも耐えられる許容量が極端に少ないのだった。

それにしても彼は自分自身、私の置かれている立場だったとしたら、とうてい我慢できないと思っていたことだけは確かだ。即、その場で決裂してしまうに決まっていた。

村の人はこの美術館の強烈な個性に、すぐには共感できない。好き嫌いはもちろんあっても、その価値を測るのは知名度くらいしかない。むろん、それで当たり前だ。理解しないといって怒っても始まらない。わかってもらおうとして必死で訴える義父は、それはそれで立派であった。一方、村の人からすれば恐かった。役場の人はわかってくれてはいた。

今や、その根本的な誠実さにおいては疑いを差し挟みようがなかった。それでも役場の美術館担当の人が、激しい情熱を溢れさせた館長に恐る恐るお伺いをたてるのは、気の毒といってもいい光景だった。その間に立つ私だってつらい立場だ。しかも、その館長と毎日一緒に暮らしているのだから、私には息を抜く暇がなかった。

そのうえ夫が両親と過ごす時には、夫のくつろげる家庭を営むことができなかった。私は土曜、日曜も当然のように出勤だったし、休みならばちょっとでも家から、館から、離れることが精神的なゆとりを保つためにはどうしても必要だった。

それで夫の心の状態は、その時点でも十分に不安定だった。すでに生活もはっきりと、それまで以上におかしかった。無意識のうちに、私がこの場所に居られないようにしたかったのかもしれないと思うほどに。

義父は私と一緒の仕事と家庭生活において、日夜その激烈な個性で働きかけているわけだし、夫は夫で今や家庭人としての安定性を完全に欠き、家族全員の生計の道まで脅かそうとしていた。


今考えると感情感覚が鋭くなければ成り立たない、表現を追求する人間が、一所に固まって興奮し合うという状況もいけなかったのだ。何万平方キロメートルに一人だけいるというのなら、問題のない種類の生き物なのに。なまじ共鳴、共振するので、ちょっとしたことでも却って激突し、爆発炎上するのだ。

芸術家というものは必死で自己実現に賭けるために、当然のことながら我が儘であり、気分屋でもあり、協調性に乏しく、皆の気持ちを理解しづらい。感情的にすぐ爆発して他の人を不安に陥れる。個人としての生活も、安定というものは期待できない。そういう人間同士が互いに仲良くやっていくのは、どうしても大変なことだ。

これは宗教問題にも似ている。同じ聖地を崇める別々の宗教が、それぞれの教義を掲げてその地を目指しているようなものだ。この地上の同じ場所をそれぞれが我が物にしようとする。本当は目指しているのは同じものの筈で、しかもとても似ているところがあるにも拘わらず、互いに決して譲らない。譲れないのだ。その微妙な違いにこだわる。

そして私にしてもやはり、とても仏様のようなわけにはいかず、普通の知恵のある嫁にもなれなかった。まったくの未熟者にすぎなかった。

義父は、自分の蒐集した作品に誇りを持っていた。それは素晴らしい作品群だ。けれどもその作者はほとんどが皆、物故作家なのだ。もはや何の問題も起こす可能性のない人たちだ。生きていればとても安心して見ていられるような人たちではないのだが、今はその光り輝く作品だけ愛でればいい。

「藝林」時代だったと思うのだが、義父が私に言ったことがあった。およそ作家などというものは、とても普通に仲良く共存できるような人間ではない。だから物故作家しか扱わないのだ、と。生きている作家で扱っているのは亮だけだ、と。

そう、息子は生きているのだった。そして父が追求する芸術というものへの共感から、この美術館のために精一杯の協力をした。嫁と子供を差し出して、自分は一人で孤独に頑張っていたのだ。

さらに、自分が現実に耐えている重い犠牲に対して労われもせず、理解もされていないと感じた時、彼は完全に軌道を外れた。

しかも、もっと重大なことは、彼は自分の画家としての存在について、義父に問うていたのだ。しかし義父にはわからなかった。

息子がいったん怒った時、その規模はやはり超弩級だった。もともとの家族のあり方からして、すでに制御できないほどの葛藤を抱えていたのだ。家族に対して表面上は平気なふりをすることが、それまではなんとかできていた。時として垣間見える不穏な感情も、家族の間にちょっとした距離があれば、十分にやり過ごせるものだった。

彼の心の中では臨界点に近かったとしても、他人ならば気がつかない程度の症状にしか見えなかった。私は本当の心の在り様を知ってはいたのだが、この美術館を建てることで収拾の方向に進めると思っていた。けれども私自身があまりに余裕のない生活に振り回されて、重大な場面だということがわかっている時でも、ちゃんと事を収めるだけの対応ができなかった。事態は最悪の方向に進み始めていた。

不思議なことは、本当は義父自身が誰よりもそうした危ない資質について、理解のある人間だということだ。どれほど揺れの激しい、偏った性格がものを作り出すのかを知っているということだ。息子と二人して私に、芸術性と人間性とは別のものだと言い続けていたというのに。性格に問題があっても、いや、むしろ、だからこそ素晴らしい作品を作れるのだと。この二人の持っている感情の激しさは、言葉に極端に表れる。最初は温かい、美しい気持ちを表現したかった筈のものが、何かの作用で乱暴な、相手を傷つける武器に化けてしまうように思われた。結局のところ、自分たちの性格に自信が持てないこともあって、そう言っていたのではなかろうか。

義父は自分について語る場合にも、その激しやすい性情を十分に知っていて、角を矯めて牛を殺すようなことはしないで欲しいと言っていたくらいだ。また館に飾っている作家の生涯について、ずいぶん教えてくれてもいた。その人たちについての知識を山ほど持っていた。所蔵している本も膨大なものだった。それはもう大変な人生ばかりだった。

かつて義父と交わした会話の中で、素晴らしい作品を前に、「こんなに思うような絵が描けて、この作家はどんなに幸せだったのでしょうね」と私が言うと、「いや、この作家たちは決して普通の意味で幸せなんかじゃなかったよ。死屍累々、屍の山ですよ。それはもう大変な人生だよ」と答えたりした。その死屍累々と積み上げられた、作家達の命を賭けた生涯が、この美しい作品の数々を生み出していたのだ。

それでいて義父は息子からちょっとでも迷惑をかけられると、まったく耐えられないのだった。口を極めて罵倒することしかできないのだ。結局は助けてもやるのだけれど、とにかく男同士だからいつもより酷く症状がでるのか、相手が爆発してしまうまで追いつめてしまう。互いに最初の段階で収拾するということができないらしい。

自分の感情生活の難しさから、たとえそういう息子であると知ってはいても自分に対しては安定した、安全な精神状態の大人であってくれないと、とても共存できないと感じていたのかもしれない。自分自身がすでにぎりぎりの魂を持って生きていたから。

そして私の言うことなら息子は聞くだろうと思い、とにかく監督し、監視し、怒ってやって、まともに行動させなさいと言う。そんなことを許すな、と。

しかし子供ではあるまいし、ついて歩くわけにもいかない。そういう風に暴れている、社会人として生活している人間を説得もできず、納得させられないのであれば、どうにもならないのだ。私から見たら、親子は本当にそっくりだった。何より私にとってつらかったのは互いにそのまま言ったなら即、殺し合いになるだろうと思われるような言葉を、私に向かってどちらもが投げつけたことだった。そのまま当人に伝えるわけにはいかない、とんでもない破壊力を持っていた。私はそこで死んでしまったのだと言っていい。

おまけに私は理解してしまっていた。夫がどうして怒っているのかを。その怒りを鎮められるものなら、暴れるのも止むに決まっていると思われた。でもその時それができるのは嫁の私ではなく、育てた親に限られていた。それは私にしても、彼にはもっと大人であって欲しいと願った。大人のふりでもいいから、と。そして当然、彼に対して猛烈に怒りもした。私の生活だって立ち行かないのだ。でもやはり、仕方がないとも思ってしまった。

私はそれまでに彼の精神状態を知りすぎていた。社会的な地位のある立派な大人の筈ではあっても、彼にはそれだけの怒りが、昇華されていない爆発性のエネルギーがあるのだった。鬱憤を晴らせない子供として、親に対する怒りもあった。芸術家として、本質を問う怒りもあった。そして現在、この世における権利も、権威も、義父の側にあった。自分の親に対して大人になりきれない彼は、暴れる黒い山羊になろうとしていた。おとなしい白い羊にはどうしてもなれなかったのだ。

実は自分が月々支払いをすることになった家について、最初から息子は納得がいっていなかった。初めての本当に大きな負債ではあるが、自分がすぐに住むことのできないこの家は、税の優遇もされないものだった。それは、でも、気持ちの持ちようでどうにでもなる問題ではあった。

ただここに家を、自分もいずれは住むことになる家を建てることになった時、彼は玄関の扉を自分の作品として彫らせて欲しいという希望を持っていた。私も心からそうさせて欲しいと願っていた。一緒に頼みもした。

これは実際の玄関の扉という問題ではなく、彼にとっては遥かに重大な意味を持っていたのだ。もともとこの息子は心の本質の部分に手ひどい傷を負っている。もちろん、私が同じ甘ったれた性格の者同志だから、そして同じような弱さを持った人間だから、共感してしまうということはあるのだけれども。

物心ついた時からずっと芸術と生活という、それぞれの聖域の境界線を守るために、彼の両親は必死の攻防を繰り広げてきた。天と地の間には苦悩と涙があった。

生活と夢、愛情は調和していなかった。自分の世界を構成する半分半分が、互いに相手の成り立ちを理解できないままに攻撃し合い、拮抗していた。

彼の中で価値観が治まりをつけられなかったとしても不思議はない。おまけに出来の悪い息子として、父親にまったく評価されていないと感じていたのだ。

しかし、描いた絵が認められた時にその父親が、お前は天才だ、と叫び、画商と契約するくらいなら自分が毎月その金を出す、とまで言ったのだ。やはり俺の子供だ、と躍り上がって、心から喜んだのだ。息子が芸術というものによってのみ、父と心が繋がっているのだと感じてもおかしくはない。扉の拒否の件は、息子からすれば自分の存在価値をすべて否定されたことだったと思う。普通の家庭の親子ならばなんでもないことかもしれないが、この家のこの局面での拒否は、命にまで関わることだったと信じている。この家族の持ち合う愛情は、もともとエネルギーが非常に強いのだ。反転すれば、致命的な破壊力になる。

今になってこういうことを言えば、彼はまったく男らしくないと言われるに決まっている。

もう社会性のある、立派な大人になっているではないか、と。社会に出ていろいろ学んだこともあるだろう、と。

皆がそう考えるのもわかる。でも、本当にそうだろうか。なれるものだろうか。コンピューターだって入力した情報が食い違っていれば、与えられた指示に矛盾があれば、狂うのだ。フリーズし、あるいは暴走する。

悪い親はいない。愛情のない親もいない。精一杯の、追いつめられて余裕を失った親がいるだけだ。義父はもちろん、自分がその時々に言ったことなど覚えてもいないと思う。

とにかくどんな時であれ、双方が恐ろしく子供っぽいのだ。義父は自分自身も親からひどい言われようをしてきた、ただの正直な人間にすぎない。義父は自分の父親が亡くなった時、「暴君ネロは死んだ!」と叫んだという。しかし、その父の偉業に近づこうと、精一杯の努力をしている息子でもある。

あの世で父親から「隆、よくやった!」と褒めてもらいたい一心で頑張っているのだということを、私は実際に義父の口から聞いて知っている。それは人の子として生まれた人間として、あまりにも健気な、本当に懸命な愛情の表現だ。

それでも、と私は思う。お前は天才だ、と息子に向かって言ったことのある親がその我が子に、ここでは一緒に住めず、孤独な生活に耐えようとしている息子に、なぜ扉の一枚くらい彫らせてやれなかったのだろう。普通に使っている扉とは別に、予備として一枚用意して掘るからとまで言って頼んでいたのに。

青木繁も寺の戸板に焼き絵を描いたことがある。その時、そこの住職は怒らなかったようだが、有り難いと思うほどの価値は認められなかったようだ。晩年の放浪時代には注文の絵のほかに、襖に描こうとして怒鳴られたこともあったらしい。

現在においてそうした作品を所蔵しているのであれば、どんなに鼻が高いことだろう。

でもその当時は、ただの落書きだと思われたのだ。その青木の芸術をたたえて世に送り出したということで評価されている家の、しかも実の息子が願ったことに対してのその拒否は、一体何だったのだろう。この家は世間一般の、普通の家ではないのに。

でも、じっさい親にしたら、本当にそれほどには思っていなかったというのが真相らしい。今となっては覚えてもいないことだろう。大抵はその時の自分が向けている視線の先しか見えないものらしい。確かに館長宅として無難なたたずまいにしたかった気持ちも、わからないではない。でもこの拒否によって、私にとってもこの新築の大きな家は、魂を込め損なったものになってしまった。

息子の金遣いはますます荒くなった。家族と過ごすことも少なくなった。私に急な用立てを言ってくるようにもなった。私もそれなりに理解はしていたので、夫にどんなに荒れられても仕方ないとは思っていた。でも開館から二年目あたりになると危険な徴候はどんどん増えていった。部下からまでお金を借りているというので、どうにか工面して返したりもした。ただでさえ狭い新宿の彼の部屋には、大量の資材が置かれていた。置き場として人に貸す代わりに料金をもらっていたのだ。そこはもはや住居ではなかった。感情や認識の共有が難しい家族が暮らす長野の大きな家も、ぐれた夫の住む倉庫と化した部屋も、どちらも住むには難があった。

私は夫の傍に行ったほうがいいとは思ったが、いきなり館の仕事を放り出していくことはできない。子供の将来がかかった学校のこともあった。そう簡単に動くわけにはいかなかった。それでなんとかして、できるだけ時間を稼いで引き延ばそうとした。

しかし、結局は避けようのない事態になってしまった。

休みの日には少しでも息をつきたい私が東京にいる彼の、今や倉庫として活躍している部屋を訪ねる。すると見慣れない女物の靴下が転がっている。怒ってなじると、パンツでも落としていけよ、と怒鳴り返す。理解に苦しむ変な遊びにうつつを抜かしているようでもあった。落ち着いた精神状態には程遠いので、一家としての生計はもうどうしようもないほど暴走しており、とても止めようがない。夫が一家の命運を握っているのだが、すべてを破壊しようとすれば、あっという間の出来事なのだ。

館で職員さんや業者さんと打ち合わせをしていると、夫から電話がかかってくる。義父が私に繋ぐ。聞くまでもなく、ろくな用件でないことはわかっている。

私は思わず、「なんて間の悪い奴なんだ！」と口走ってしまう。義父は「ちょっと旦那さんに冷たいんじゃないの」と言って笑った。しかし、その用件を聞けば激怒するのは義父の方なのだ。夫はすでに気分を害していて、「いいよいいよ、もう。聞こえたから」と言う。

私は、「だって、今ここには業者さんや職員さんがみんないて、耳がダンボみたいに大きくなっているのに。どうやって話をするのよ！」と、怒鳴ってしまう。

考えられないことだが、この時点でも彼は会社の重役である。不思議なことに、仕事は仕事でこなせるらしいのだ。さらに信じがたいことに、彼には当然部下がいるのだが、その人たちが問題を抱えている場合もあり、そういう時には彼らの相談に乗ってあげているというのだ。「アンタの問題は誰が聞いてくれるの！」と、思わず私は喚いてしまう。

その頃には私も相当に荒れていた。私にとっては、頭の上から爆音も凄まじい空襲を受けて逃げ回っているのに、足元の地面には亀裂が走り、そこから恐ろしい奈落の底が見えているという状況だった。

煙草も吸った。来館者もなく、館長も外出している時などに、こっそり吸った。仕事場では誰にもほとんど何も言わなかった。言えないではないか。でも館で吸う時は、憔悴した私を気の毒に思った職員さんが、窓を開け、換気扇を回して煙を、匂いを、追い出してくれた。

家でも吸った。疑いを抱いた義母が、お母さんは煙草を吸っているのではないか、と子供たちに尋ねると皆、知らない、と答えてくれた。子供たちにはまったく理解を超えた問題だったのだが。


ついに遠隔操作もまったく不可能になり、私は館の仕事を放り出し、子供もおいて彼の傍に行った。わけのわからない荒れ方をする息子に、今や義父は許さないと怒り、息子は命がけで抵抗していた。それまでにその件で家族は話し合いの機会も何度か持ってはいた。

でも息子はほとんど喋らないし、ジャンキーのように見えるくらい生気がなく、服装は崩れて見える派手なものだった。義父も決して気持ちを鎮めるような言葉をかけられなかった。

東京に行く前に、義姉夫婦がまた駆けつけてくれて話し合った。義兄は私の話を冷静に聞いてくれた。金銭的に暮らしは本当に大丈夫なのかと何度も訊いてくれた。それは難しい問題だった。いつだって危ういのだが、なまじ高収入のために、すぐに生活が回らなくなるわけではないのだ。でも野放しになっている夫が乱心して自分の身を、また家族を滅ぼそうと思えば、それはもう一回だけで十分なのだ。

家族は、まさかそんなことは考えられない。いくら説明しても本当には理解してもらえない。私は、とりあえずは大丈夫だと答えた。でもとにかく行ってみて、落ち着かせなければ、と。家族の温かい心遣いは有り難かった。でもどんな未来が待ち受けているのか、私にもわからなかった。

私はただ、この相手を無事に生き長らえさせることだけを願った。この家に、連れ合いに死なれた嫁として残る、などということには耐えられなかった。

誰がどう言おうと、私がそう感じたのだから仕方がなかった。

秋も深まろうとする頃だったと思う。身の回りのものを最低限の荷物にまとめて車に積んで、一人で東京に向かった。前の晩にはよく眠れなかった。それで、弱いのに酒を飲んで寝たこともあって、ひどく体調が悪かった。

上信越道を行く時に避けることのできないトンネルは、とにかく長いうえに数えきれないほどある。その中を走っていると気が遠くなった。目眩がして貧血のようでもあった。ふらっとすると狭いトンネルの中で、対向車にぶつかりそうになる。それなのに視覚的にずっと変わらない位置関係には、本当に吸い込まれるような催眠効果があるのだ。

血の気が引く音まで聞こえるような気がするくらいに体の調子が変なので、最寄りのパーキングエリアまでも行き着けず、何度か路肩に車を止めた。道路の脇から山の斜面に下りては草の中で横になって、空を見ていた。

日を浴びた藁のような枯れ草は温かくて、背中がほかほかと気持ちがよかった。秋の空は澄んでいて、とても高かった。山々は黄色や赤に変わり始めていて美しかった。あまりにも気持ちが良いので、動きたくなくなる。現実に置かれている状況も、ふっと忘れた。

そんなふうにして移動していく高速道路は、もちろん高速ではなかった。次第に冷たくなってくる風に急かされるように、気力を振り絞って立ち上がり、夕方もかなり遅くなってから東京に着いた。

ようやく辿り着いた東京の、足の踏み場もないマンションの部屋は、とても生活ができるような状態ではない。彼の生活はもう私の手には負えないほど荒れていた。でも私たちが一緒に暮らし始めた頃に描いた懐かしい絵が、額に入れて飾ってある。二人の一体感が幸せに表現されている絵だ。

人には短絡的に思われるかもしれないが、私は彼を死なせたくないと思う。人は、家族ですら、そんなおかしな理由で死ぬことはあり得ないと考える。でも私は十分な理由があると信じた。彼の心の中にはいろいろな愛憎が絡まりあって、握り飯の一粒一粒のように、もうどれがどれなのか区別することもできないような在り様だった。

私の余裕のなさも、さらに炎を煽り立てる原因になっていた。私は金遣いの荒い息子に節約させるようにと、義母から泣かんばかりに頼まれてきていたのだ。でも彼の気持ちは、いよいよこじれていた。普通の人には理解し難い理由であっても、命を捨てるくらいのことはできてしまうような人間だと私は思っていた。もっとも、誰であっても命を粗末にしようと思えば簡単なことだ。ものの弾みであっても、ただの意地からだけでも、人は死ぬ。

私たちは彼がそれまで住んでいた新宿のマンションから、むかし学生の頃に義姉と住んだことがあるという世田谷の、小田急沿線の方に引っ越した。多少でも落ち着ける、静かな環境に移らなければと思ったのだ。一軒家を四分割して貸している、都内にしてはとても安い家賃の部屋だった。車で入ることも難しい細い道ばかりの、しかも一方通行が多くて迷路のような場所にあった。でも利点として、すぐ傍には大きなお風呂屋さんがあった。

この辺りはもともと大きな家がたくさんあった所だ。それが土地の値上がりのせいで、相続税も大変なものになってしまったのだろう。その多くがアパートや駐車場に姿を変え、細切れになってしまったらしかった。そのお蔭で、私たちはとりあえず駅から歩いていける場所に、住む場所を確保できたのだ。

自転車操業のような生活を支えるために、彼が昔に立ち上げた事業部のアルバイトもした。

朝早く、一緒に電車で出勤した。私たちの関係は初めの頃と変わっていないようにも、まったく違ってしまったようにも思えた。それはそれで何ヶ月か続いた。でも本当の解決にはならなかった。親に時々はしなければならない報告も難しい。状況はいいとも悪いとも言えなかった。私と彼の二人だけの関係にしても、やはり先行きの見通しは灰色だった。

ろくに会話ができない日もあった。彼の中で何かが収まるのを待っているのだが、いつ、どういうふうに解決がつくのかまるでわからない。親を安心させるどころか、私自身がもう駄目だと、何度も思った。その半年くらいの間に、世田谷の狭い駐車場から車をやっとのことで出し、ごちゃごちゃした道を抜けて長野まで、何度往復したことだろう。

館の仕事もあるし、子供の学校の用事もあった。長野に帰れば親と一悶着あった。すぐにすっきりとした結果を報告できない私に、義父は心配のあまり余計に怒った。

親不孝なことではあった。気の毒にも思った。でも私にはどうすることもできなかった。

月に何回もある借金の返済日のどれかを控えた、ある晩のことだった。本当に落としてしまったのか、どうせ死ぬのならと、またやってしまった変なゲームのせいでかわからないが、あった筈のお金がなくなってしまったらしい。ついに終わりの時がやってきた。

夜中にかかってきた携帯電話で、彼は幽霊のような声でもう駄目だと言った。私は取りあえず帰ってきてちょうだいと答え、自分ではあまり意識もせずに何故か買っておいた、大袋の塩を取り出して待っていた。そして、ずいぶん待ってようやく帰ってきた彼の頭の上から、玄関口でその塩を一袋そのまま、ざーっと全部かけてしまった。それから上から下までバタバタ乱暴にはたいて、そのまま風呂場に連れていって服を脱がせた。

そのあと彼はぼんやりと湯船に浸かったのだが、少しして、不気味なことに、「変だな、背中を何かがもぞもぞと登っていく」と言うではないか。私はこの一連の動作をあまり考えることもなく、頭がほとんど真っ白な状態でやってしまっている。普通の生活をしていると思っていたが、いつのまにか陰陽師の世界に迷い込んでしまっていたらしかった。

寝巻きに着替えて、本当に憑き物でも落ちたようにさっぱりとした顔の彼に、私は提案した。離婚してあげるから慰謝料ということで、会社からお金を借りたらいいのではないかと。そうすることがどれほどみっともないことでも、親から出してもらうよりはこの修羅場が荒れなさそうだと思ったのだ。親がすぐに多額の現金をかき集めるのも難しければ、間違いなく息子を殺す力のある暴言も吐きそうだった。この状況では致命傷だ。館の存続も危ういものがあった。

子供のための学資保険のほか、私にはもう何も残っていなかった。それは母親として、どうしても守ってやらなければならなかった。すでに心は決まっていた。

元の隣人を思い出したのはその時だ。いつも気にかけてくれているのがわかっていたし、だいぶ前から私の苦境を理解して、心配してくれていた。つい先ごろ会った時も、何かあったら力になると言ってくれていた。社会経験が豊富で、そうした問題についても詳しかった。彼女は次の日の朝早く、私からの電話で千葉から駆けつけてくれた。他の予定が入っていたのに断ってくれたのだ。私が離婚の話をすると、それがいいと言ってくれた。

どうしてもこの状態で暮らしていくのは無理だった。ここまで来れば、長野を離れてもなんとかなる時期になろうとしていた。

彼女は「たかがお金、と言ったら変だけれども」と言ってくれる。「憎み合って別れるわけではないんだし」と。

感謝して彼女と別れたあと、届出の用紙をもらいに役所に行き、私たちはそれに記入した。

大洪水の後の世界に二人だけ生き残ったように、極限まで疲れてどこか呆然と気の抜けた眼差しで、別れようとする夫婦は見つめ合った。とりあえず生きていればいい、と私は思った。

その後、私が気持ちもよろめきながら書き直し書き直しして、修正液だの、ずれて押してしまった印鑑だので汚れた届出の用紙に、元隣人はしっかりと保証人の印を押してくれた。両親は息子についての明るい報告を待っているのがわかっていたけれども、私はその離婚届の用紙を持って長野に帰った。

それは年末のことだった。正月の、家族が集まる時に親に話すことになった。親はそんなことになるのは知らないので、正月を普通に祝おうとする。そこで本当のことを話すのはあまりに可哀相だし、私だってつらいので、ちょっと時間が経ってしまった。

そしていざ打ち明ける段になった時、私はもう親子の真剣勝負のような、双方が深手を負うばかりの会話を耳にしたくないので、息子一人に任せてしまった。息子自身も、私にはいなくてもいいと言った。だからその内容は今でも詳しくは知らない。でも息子を心から素直にさせるものでなかったことは間違いなかった。

両親はもちろんそこに行き着くまでには心配もし、私になんとかして欲しいと願っていた。

でも両親は私が怒れば、彼は言うことを聞くと思っていたのだ。もはやそういう段階ではないということがわからなかった。義母は泣いてくれたが、仕方がなかった。その時に大事《おおごと》にしてしまえば本当に誰かが、それは間違いなく悪い息子が、犠牲になると私は思っていた。

そして家族の誰にしても、無傷では済まないと。


会社の社長はただ一度のお願いで承知してくださった。この方は間違いなくこの世における彼の命の恩人であった。

私の立場から言えば、とにかく嫁では役不足だったのだ。

日本の家父長制度の強権と、芸術に拘る一筋縄では行かない価値観の狭間で生まれた相克は、本人たちにしか理解できない道筋で起こったことだった。

子供の学校が切りの良い所で、引っ越すことになった。長野で台風の目になってしまった私は、三月の中旬くらいに千葉方面へ移動した。後には静けさが訪れる筈だった。

　引っ越す際に簡単な、最小限の挨拶回りをした。確か学校関係か、役場関係の挨拶をしていた時のことだったと思う。歩いている道の途中の電線に、カラスが三羽、止まっていた。その真中のカラスは真っ白だった。びっくりして、ずいぶん長いこと見つめていた。

　向こうも私を見ていた。道が坂になっていたので、カラスとの距離はとても近かった。鳩かと思ってじっとよく見たのだが、隣のカラスと形は同じだった。何度見てもそう見えた。

　神々しかった。

　私にとっては何かの啓示だった。これで良いのだと、慰めてもらったように感じたのだ。

　そういうふうに感じないではいられないほど、疲れていた。美術館の開館前からお世話になった方々にもまるで礼を欠いた、逃亡のようなこの引越しが、それなりに辻褄は合うのだと信じたかったのだ。

それから喫茶店のことがある。精神的に参ってしまって気持ちを落ち着かせたい時、私は村から近い国道沿いの、百五十円くらいでコーヒーが飲める店に出かけていた。その国道沿いにはたくさんの店があったが、私が行くのは駐車場も広くて入りやすい二つの店に限られていた。千葉に帰ることに決めた頃、そのお馴染みの店の両方に、相次いで張り紙が出された。両店ともそこには私が村を出る予定の、すぐ後の日付で閉店するというお知らせが書いてあった。私はなんとなく、今、この舞台の場面が変わるところで、いったん幕が下りるのだなと思った。

我慢の足りない嫁として、私は千葉に帰った。

絵画館を離れて

嫁として幽霊になってしまった私は、実家に転がり込んだ。母はよくわからないながらも、私と子供たちを受け入れてくれた。母としては私が帰るというものはまあ、仕方のないこととして一緒に暮らすことにしたのだ。

しかし、私としてはやはり言っておきたい。義父は本当のことをわかっていたのだ。でも、剥き出しの状態で人に正直な姿を見せたり、認めたりすることは不可能だった。結局は一番過激な形で外に表現してしまうことになるのだが。無謀なまでの自信と、不器用な振る舞いとの間にあるギャップが、もうどうしたらいいのかわからないほど大きいのだ。

実は、義父は私のことを息子にはすぎた嫁だと言って褒めてくれたこともあったし、本当に有り難い人だと言ってくれたこともあった。愛情を素直に受け渡しできる時には、細やかな心配りのできる人なのだ。逆上して私を罵倒した時にしても、本当の悪意があったことはない。だから私も、義父を今でも愛さずにはいられない。

それでもなお且つ息子との関わり方があまりにも下手で――おそらく似すぎているために――私からすれば大事な夫を破滅させかねない、危険な親であることは間違いなかった。

そして私にとってどうしても耐えられなかったのは、すべてを私が力を振るって解決することを命じられたと感じたことだ。脅したり、罰したりして。そこではまさに悲劇に向かって崩れ落ちていこうとする現実の中で、自分自身が彼を追いつめる加害者になってしまっているのだった。彼が身体を張って、命を賭けて訴えているその叫びと絶望は、私を心底震え上がらせていたのに。

そのがんじがらめの状況から、充分な距離を置くことしか考えられなかったのだ。

とりあえず子供の学校の手続きをし、職を探すことにした。長女は寮に入ったので、それで居所は確保できた。私の名前は変えないことにした。そうすれば、子供に関してはほとんど影響がなかったから。計り知れぬ縁に恵まれた私は、ここでも何の説明もなしに、たくさんの人たちに支えてもらえた。誰も私に答えられないことは尋ねなかった。

ハローワークに行ってみたら、パソコンの講習を受けられる職業訓練のコースがあった。

それに申し込めばすぐに月の保証金も出してくれるという。まさに天の助けだった。

この時代の日本に生まれていて本当に良かった。もともと回転のまったく良くない頭がショートして、黒い煙が出るような訓練を三ヶ月に亘って毎日受けて、ビジネスコンピューティング三級の資格を取った。

それから職を探したけれども、年が年なのでそんなに都合のいい所はない。やっと拾ってくれたのは葬儀屋さんだった。焼き場と墓地がすぐ傍にあった。たくさんの会場があちらこちらにあって、それぞれの場所で一日に何件も葬儀をこなしていた。五、六ヶ月はいられたのだったろうか。でもその期間に、それはたくさんのご葬儀に立ち会った。仏教だけでも様々な宗派があり、それぞれに道具も作法も、あげるお経も違う。ほかに神式もあれば無宗教もあった。神式では魚を供える。天上の世界についてもいろいろな想定があり、とても賑やかだった。

亡くなり方も、ご親族の事情も一様でない。最も慎ましいのは火葬コースといって市から請け負う、たぶん行き倒れたかした、親族もいないような人のための一連の処置だった。

これは会社の発展につながる身内の方がいないので作業の人しかつかない。でも一番シンプルで、私向きかもしれないと思った。自分自身が、もうほとんどこの世のものではないくらい疲れていたので、この仕事はかえって精神的に楽だったような気がする。それぞれのご葬儀であげられるお経も、私のために唱えてくれているような錯覚をおこすほどだった。耳に有り難く、心地よく馴染んだ。私はここで何百回分も葬儀をしてしまったようだ。

ここでちょっと意外なことに、同期の仕事仲間に若い男性がいた。助けてくれるし、何故か自然に一緒にいる。これは本当に不思議だった。仕事場で使っていたロッカーには鏡が付いていた。その鏡は採光の加減もあるかもしれないが、もう自分についてどんな幻想も抱きようのない無惨な現実を映し出した。やつれた首はガラスープでも取れそうな状態だった。白髪も目立ってきて、メッシュを入れたように筋になっていた。

その仕事では私が決して上手くなれなかった化粧もしなければならなかったが、それがまた一段と恐ろしい効果をあげるのだ。我ながらげんなりするような自分の顔を、日々何度も眺めなければならなかった。先輩からは寝癖のついている髪の毛について、また化粧の拙さや気の利かない振る舞いについて、始終指導を受けてもいた。

生まれつき間の抜けた性格のために、厳粛な儀式にも拘わらず、陰では恥ずかしい間違いをしでかしてはみんなに笑われてもいた。明かりを消す時や、お坊さんの入場するタイミングを間違えそうになったり、仏具や花の位置を間違えて置きそうになったりと、もう散々だった。それなのに素敵な若者が、気がつくと傍にいるのだ。相手はもちろん、母親と間違えて傍に寄ってきてしまった迷子のようなものかもしれなかった。それでもこんなに暗い仕事なのに、自分が妙に華やかな生活をしているような気がした。信じられないことだが、私はそこで結構楽しんでいたのだ。でももちろん、だからと言ってそれ以上の何かを期待できるわけではなかったが。

そしてこういう時にも元夫とは、やはりなんらかの絆があるのだと思い知らされることが多かった。深い潮流があって、それに同じ速さで流されているらしい。何故か互いが見えてでもいるようだった。私が仕事のために一人で車を運転して、辺境の地で迷子になっている時に電話がかかってくる。やりきれないトラブルで参っている時もかかってくる。

やけになったような生活をしていながら、でもそれなりに仕事は必死に頑張りながら、心の底では気にかけてくれているように感じられる。

自分の任されている会社は人材派遣の業務なので、パソコンができるなら仕事があると言う。最初は頼らずにやっていこうと思ったが、葬儀屋さんを続けるのはどうも私には無理らしいことがわかって、任せることにした。しなければならない営業は難しかった。

今は生きている人に対して葬儀をお勧めするのは、大変心苦しい。私のように融通の利かない人間は、はっきりと割り切ることができなくて困った。先輩たちは、それはもう合理的で、さっぱりとした対応ができる。その仕事ぶりはとても素敵だった。様々な事情を抱えている人も多かったが、全てを背負ってなお、活き活きと張り切って仕事をしていた。

私がこの仕事で生計を立てねばならなかった時期には親族をはじめ、元隣人や、普通はありえない優しさで助けてくださった方々によって、ようやく凌げたのだった。

元夫の会社でもらった仕事は事務の仕事だった。最初に働くことになった派遣先の社長は、先の社長である旦那様に先立たれた奥様だった。素晴らしいお名前の、凛とした感じの美人であった。私と同じくらいのお年かと思ったら二十歳よりもっと上と伺って驚いた。その方の面接を受けた時、「あら、お宅の会社の社長と名前が同じじね」と気づかれてしまった。同行してくれた社員はあわてて「あの、親類です」と誤魔化してくれた。

この派遣先の会社自体、元夫が内勤になってすぐの頃に、自分で営業に行って仕事を取った会社だった。工場でできた製品をトレーラーで出荷したり、各種の原料を仕入れたりしていた。私はここで一年間ほど働かせてもらった。派遣の立場である私はその会社にとって負担が大きすぎ、それぐらいしかいられなかった。でも毎日、川に架かった大きな橋を渡って、気持ち良く風に吹かれて通った。親切な職場の人に連れられて高い階段を登り、いろんな色のパイプが絡まりあって遊園地のように見える工場を見学させてもらったりもした。

ゼロメートル地帯のその場所は、雨が降るとポンプで排水しなければならなかった。台風の時などは走り回る消防車の、カンカンという音の混ざったサイレンがひっきりなしに聞こえた。隣の大きな看板が暴風で飛ばされて工場の変電所に突き刺さり、停電になったこともある。皆が暗いビルの中で仕事もできず、暫くして持ち出された緊急用の発電機で凌いだ。

それほどの昔でもない時だったらしいが、浸水がひどくて、机の上に乗って電話で救助を要請したこともあったそうだ。もうひと息で首まで水が上がってくるところだったという。

それでも、人は必死で仕事をして生きるのだ。

次に本体の会社の一部署に無理やり入れてもらうまで、三ヶ月くらい他の会社で色々な仕事をした。世の中にはそれまで見たこともなかった職業があり、それまで会ったことのないような人々もいた。ベルトコンベアーで花の束を作ったり、ピッキングをしたり、狂牛病の検査のキットを造る作業をしたりした。一緒に働く人の中には事情があるらしくて、ろくに食べ物が買えないような人もいた。

いい歳をして新たな経験を積まなければならない事態には、よく物語に出てくるような悲劇性も感じられる。でも私にとってはどんな境遇も、まったくの想定外ではない。別に暴力も振るわれない、人質も取られない、むしろ温かな良い人たちに囲まれて働く仕事場には幸せが溢れている。

それまでは自分で選択した分野で、比較的贅沢な人生を送ってきたと言えるかもしれない。それでも王侯貴族だったことはないし、遊んで暮らせる身分だったこともない。

と、自分では思っているのだが、むかし友達に言われたように、今でもやはり、好い気なお嬢様にすぎないのかもしれない、とも思う。

しかし、長い戦いの末に私は、ある境地にまで達したのだ。すべてのものの中にすでに存在し、さらに無限に生まれ続ける欠陥こそ、この世の華かもしれないという気がしてきたのだ。天国があるとして、そこには完全無欠な幸せがあるとする。そこには光と愛があり、すべてが満ち足りているとする。そこでそれ以外には何を味わうのかという問題だ。

あらゆるドラマは間違いなく、欠陥を土台に成り立っている。コメディーにしたところでどこかに不完全なものがあるから成り立つ。さもなければ厄災そのものの怪獣とか災害とかを主題にする。筋書きは、その欠陥とどう向き合うのかという展開についての話だ。

まずどんな欠陥なのか。どんな風に克服するのか、さもなければどう負けてしまうのか、どう折り合うのか、どう戦うのかといったことが興味深い物語となる。欠陥がなければ何も始まらないのだ。憎まれ者の悪者がいなければ、蔑まれる馬鹿者がいなければ、人並みはずれて弱い者がいなければ、どういうドラマが成り立つというのか。

常に平和な日々だけだったら、人は——まあ、さらなる向上を目指すことはできるだろう。

たしかにもっと賢くなるかもしれない。可能性はある。しかし、退化することだって考えられる。

子供の頃に「宇宙家族ロビンソン」という連続のテレビドラマがあった。その登場人物の一人に、視聴者からすれば歯軋りしてしまうような、とんでもないスミスという男がいた。この人物さえいなければ、ロビンソン一家は第一話で地球に無事帰還して、何の支障もなかった。その、欲が深くてずるい上に抜けている男が原因で引き起こされる波乱万丈の筋書きを、家族揃って文字通り手に汗を握って、一年間か、それ以上にも亘って楽しんだのではなかったろうか。

性格も悪く、気持ちも弱く、卑怯で、それでいながら傲慢な人間というものが、天に、神に、愛されているかどうかは私にはわからない。でも、もしかしたら大いに楽しまれているのではないだろうか。いや、やはり絶対に愛されている。そう思う。

様々な工場でピッキングの作業をした後で、元夫の会社に新しくできた部署で働くことになった。現金を扱う所で、私がするのは毎日ナンプレか、百枡計算をしているような仕事だった。正確でなければどうにもならない、本当はまるで向いていない仕事だったが、もう頑張るしかなかった。

何より恥ずかしいのは元夫が、そこでみんなに敬語を使われる立場だということだった。私が「アンタのどこが偉いのよ」などと言ったりすれば、敬語を使っている人たちを馬鹿にしていることになる。私はその人たちの下で働いているのだ。その人たちは社会人として、家庭人として元夫よりも断然、信頼できる立派な人たちだった。

このとんでもない立場のために、心の中のイメージでは、私はまるで空飛ぶ亀になってしまった。その亀は子供の頃に読んだ、日本の昔話にでてきた亀だ。どうしても空を飛びたくて、二羽の鳥に頼んだのだ。一本の棒の両端を持って飛んでくれまいか、と。自分はその棒の真中を咥えてぶらさがろうというのだ。

それから、高い空を飛ぶ鳥の間で棒に喰いついている亀が、景色のあまりの美しさに驚嘆して、「なんてきれいなんでしょう」と言おうとして口を開けた途端に、もちろん落っこちてしまう。私はきれいな景色だなどとは叫ばないが、とにかく口を開けば、なけなしの世間体はおろか誰彼の立場も何もなくなってしまう。私の首には責任を持たねばならない大事な子供たちを入れた袋だってぶら下がっているのだ。皆の不審の目に耐えながら、黙って働くしかなかった。

同じ所にずっと何年もいるうちには、それはいろんなことがある。仕事もその時々で流動的だし、職員は入れ替わり立ち替わり、どれくらいの人と出会い、別れたことか。

元夫はちょっとずつ立場も変わり、あろうことか四、五年目までには副社長の肩書になってしまった。

そういう立場である人間の元の奥さんが、いい年をして無理やり働かせてもらっている職場がどれほど変なものであるか、考えただけでも冷や汗が出る。できる限り目立たぬように、必死で身を潜めているしかなかった。

その哀れな私をさらに困らせるように、たまに訪れる元夫は堅気の仕事をしている社会人には見えないのだった。麻薬のディーラーかなんぞのようで、平和な鳩の群に紛れ込んでいる、熱帯産の、極彩色のオウムよろしく目立っていた。

引き換えて私の方は、また違った意味で凄い見かけだ。自分で刈り込んだ白髪混じりの頭で、化粧もしていない——無駄な抵抗はしない——ので、シミだらけ、皺だらけの顔を晒している。どこかの介護施設から脱走してきた、認知症の老婆のようである。

職場の人たちには失礼もいいところだが、それでも皆とても親切だった。それはそうかもしれない。あまりにも可哀相に思うだろう。それに不安と緊張のために妙にわさわさと活気づいた私の在り様は、かえってそれが若々しい、と錯覚を起こさせることもあったようだ。

会って気まずい思いをする人もたくさんいた。何しろ私は仲人だってしたことがあるのだ。とうぜん顔も知っていて、会えば当惑する人はあまりにも多い。なんと言って挨拶ができるだろう。家に来て下さった折りには、食事をお出しした人だっている。

別に恩を着せるつもりはないが、今さら、あの時ご飯を食べさせたじゃないの、とも言えないではないか。可哀相にその人たちだって、本当に私となんか顔も合わせたくなかっただろうと思う。

でも、すべては元夫がいけないのだ。仕事は、すると心を決めればできるのだろうが、こと自分のゆずれない領域に関しては、人と違った方程式があるらしい。そのためには死んでも構わないと思うほどに普通でない。とにかく傍迷惑な人間なのだ。他の誰にとってよりも家族にとって。社会的には例え価値のある、何かの立派な要素があったとしても。

その職場は立場も、そこにいる理由もまったく異なった人たちの集まりだ。出所も、待遇も違う。みんなその場でたまたま行き合わせただけの関係なのだ。でも構成が複雑な分、かえって私は救われた。あまり目立たなかったと思う。いや、例え目立っていても、私にはわからなかった。人の出入りが多すぎて。

私の仕事は現金や商品券を扱う業務で、もちろん全体の一部分しか受け持たないが、かなり込み入ったものだった。毎日が目にも止まらぬくらいの速さで駆け抜けていった。入った時に比べたら三年目くらいには十倍ほどの件数になったから、それだけでも手一杯だった。その上に様々な業者や本業の人たちの出入りが激しく、電話もひっきりなしにかかってくる。

会社の本業は訓練や演習によって成り立っているが、この仕事をする場所はその訓練場にもなっている。号令やかけ声の飛び交う中で、付随するいろいろな業務を受け持つ課員が、それぞれの条件で仕事をしていた。

実はここでも仕事することは楽しかった。一緒に働いている人たちが皆、どこか懐が深く自然な魅力を持った、実に面白い人たちだったからだ。構内に響くかけ声のせいもあるが、職場はエネルギーに溢れていた。また業務の目まぐるしさ自体が、私の不都合な状況を忘れさせてくれていた。

このように普通はあり得ないような仕事場で、なんとか月日が過ぎていった。その間に子供たちはそれぞれ皆、つらい肉体労働を潔く引き受けることも含めて、奨学金がもらえるように頑張ってくれた。

副社長であり、グループ会社の、とはいえ社長でもある父を持つ子供たちにしては、ずいぶん変わった境遇だ。とても恵まれた人生の出発、というわけにはいかない。でも、ここに生まれてきてくれただけの強さは持っているらしい。それだけでも感謝しなければと常に心に思っていた。

そして私はこの仕事をして生き延びながら、ずっと考え続けていた。普通の、賢く育った娘ならば、生活力があってこの世でちゃんと家族に対する役目を果たす男性を選ぶだろう。自分の子孫がこの世で有利に繁栄できるように仕事に励む、強くて真っ当な男性と結ばれて親を安心させるだろう。何もこんなに不可解な、社会の中で普通の生活もできないような危険な男と関わらなくてもよさそうなものだ。

でも、安心して暮らせるというだけでは何かが満たされない、割れ鍋のように不良な造りがこちらにも備わっているから、人生の課題として、ぴったりの閉じ蓋が来てしまったのだ。性格や言霊が三回転半ひねりしてしまっていようと、私が引き寄せてしまったのだ。

困難な人生行路を歩む閉じ蓋を横目で見ながら、私もなんとか生計を立てていたが、鬱憤晴らしにある時期、日記のようなものを書いてみた。二年くらい取っておいたが、子供たちに私と彼らの父親との関係がよくわからないのでは、かえって拙いと思って読ませてみた。

私なりにもがいた末に、たどり着いた真実だった。もう幼くはない子供たちは皆、読みやすかったと言ってくれた。きっと、ちょっと無理をしてそう言ってくれたのだろうが。実はとてもつらかったと思う。


それでまた少し時間をおいて、今度は本人に読ませた。子供が知っていることを父親である本人に教えないのはフェアでないと思ったので。一か八か、すべてがもうなるようになっていいのだという覚悟もあった。

そうしたら元夫は、「すごく面白い」と言ってくれた。彼のことについては、それこそ何の遠慮会釈もなく書いてあったのだが。でもそれなりに読んでくれたらしい。「知っているから面白いのか、本当に面白いのかわからないけど」と言う。

それから何週間かした頃、彼に絵の神様が降りてきた、らしい。会社のビルの最上階に、その結果である作品が並べてあるというので見に行った。入った途端、ぱっと空間が開けたような、また新しい風が吹き抜けているような作品がたくさん掛けてあった。

私は心からおめでとう、と言った。仕事の関係でチベットから来たお坊さんがその絵を見て、貴方はシャーマンだ、と言ったそうだ。

しかしその時、私はちょっと心配になった。仕事場にこんな絵を並べていてもいいものだろうか。もちろん、絶対いけないに決まっていた。金融破綻による世界的な大不況の波が押し寄せてこようとしている最中なのだ。必死になって会社の存亡を賭けて戦うべき社長が、まさか絵を描いているなんて。創業者の目が節穴なわけはない。もう駄目だった。


それから一月ほどして会長から肩を叩かれ、もうここでの立場は終わりだと告げられた。

面白いことにちょうどその日、長女が父親と会う約束をしていた。本当は他の予定が入っていたのだけれど、なんとなくお父さんに会いたくなったのだという。そして待ち合わせの場所にやってきた父親は、たった今、首だと申し渡されてきたと言った。

長女は驚いて、家族全員に電話をかけまくった。みんなもびっくりして駆けつけた。新宿にある会社のビルの最上階で、家族全員で父親の絵を眺めた。ここに飾ってあるのもこれで最後だから、と。それから皆でエレベーターに乗り込んで、一階まで下りた。この九年ほどの間、全員が揃ったことはほとんどなかった。非常事態であったこの時、むしろ普通の家族のように一緒にいた。ささやかな血縁関係者で溢れそうになった狭いエレベーターの箱は、ほんの何分かのことだったにしろ私たちの懐かしい家のようになった。

その地位を追われた彼は、もう偉い立場の人間ではなくなった。私自身としては、気持ちは却って楽だっ

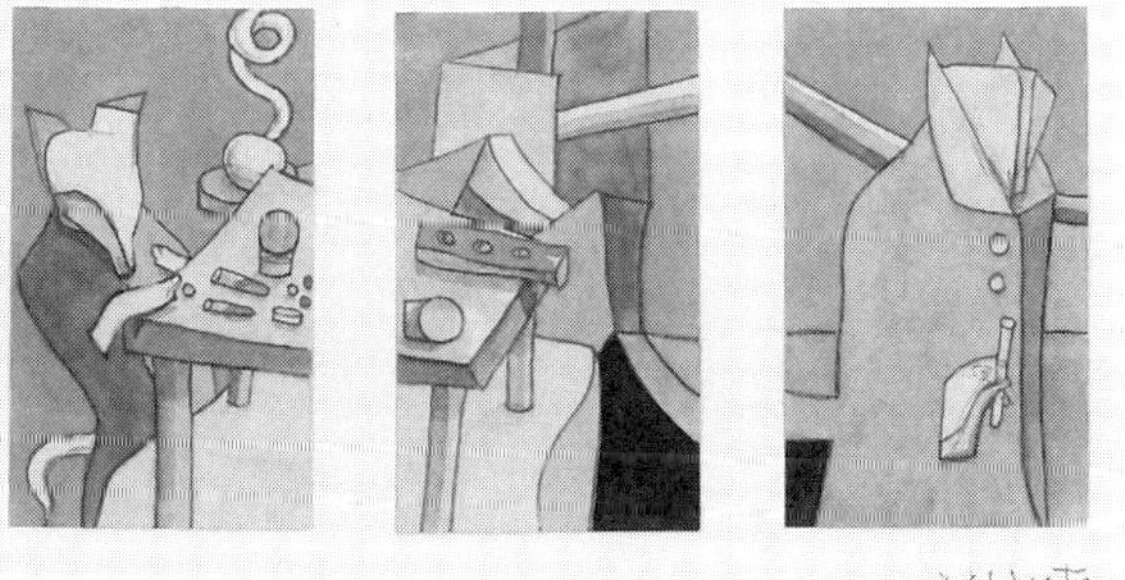

たのだ。副社長である元夫がいるというだけで、私の仕事場での居心地は最悪だった。また彼がその地位からいつ転げ落ちてもおかしくないと、常に思ってもいた。本人もそう言っていた。

しかし、ふとした時に、尋常でないほど身を粉にして働いた人間だったことが思い出されて、可哀相で涙が出た。だから私は仕事場で働きながら目を赤くしていたことが多かった。

もう、どうとでもなれという心境だった。職場の人たちにも、さぞ妙な具合に見えていたことだろうと思う。

(今になって思い出すと、彼も私や子供と会う時には目が赤かった。そして、それは別な理由で赤かったのだった。彼もつらいことはつらかったのだ。その時にはわからなかったのだが)

彼の家では息子が素直な口を利けば、きっといつでも受け入れてくれると思う。でも彼にとってそれは不可能らしかった。男としてそういうふうに心を決めているのであれば、私には仕方のないことなのだ。

梅野家は世間の標準からいって決して貧しい家ではない。青木繁に比べれば実に豊かな財産に恵まれている。どう転んでも困ったことにはなりそうもなかった。それなのに彼の生活は何故か青木の人生のようになってきてしまう。晩年の青木が家族と衝突を繰り返して家を飛び出し、見放されてしまうのと似てきてしまう。


どういうものか表現する人間は、自分を含めた人間の生活、わけても家族の生活の安定ということに、なんとしても情熱が持てないらしい。自分を縛る義務や責任が、芸術に賭ける人生の自己イメージと、決定的に矛盾してしまうようなのだ。

ここまで来ると、なんとなくわかるような気がしてきた。ある種の芸術表現は純粋な、霊的な自我にだけ関係する営みなのだと思う。この地上の制約を受けてしまっては成り立たなくなってしまうほどに。個人が自由な魂だけの存在として、その感覚を追求するものなのだ。

最初から不可能にチャレンジしているのだ。自分がこの世に適応して、安定して暮らすために必要となる手続きを嫌うのだ。楽するのはいいのだが、その手続きに神経を使うのは嫌なのだ。それは人間として、もちろん世間から非難される。

困ったことに、普通の生活破綻者との区別はつかない。ギャンブラーでも、浮浪者でも、精神障害者でも、結局は同じなのだ。そうした人生を辿る者は、皆それなりに見る夢があることだって、同じに違いない。特異な何かを生み出して、賞賛される者になりおおせたとしても、その魂の望む所は、おそらく一緒だ。そこに貴重な可能性があるのか、それとも何かの生物学上の間違いであって、たんなる病気にすぎないのか、今の私にはわからない。でも、そういう傾向を持つ者にだって、それなりになくてはならない立派な役割があるに違いない、ということだけは確信している。

改めて思えば、すべての人間が実は夢見ていることで、ただ、普通は現実の責任があるゆえに我慢しているだけなのだ。そうした自制の機能の弱い、もしくは欠落した者は、社会の中で軽蔑すべき最低の者と言われる。そして、その仲間には違いないのだが、まれに——奇跡的に——貴重な資質の持ち主として称えられる者もでてくるのだ。

何の制約もなく、完全に自由な立場などというものはこの世ではあり得ない。現実の社会の中でその望みを叶えることは、むしろこの世の栄華を手に入れるよりも難しい。家族にとって不都合なのは当然だ。本人はいい。自分のことに関しては快、不快で判断するだけだから。でもこの世での家族関係など、なんらかの責任を持ち合うはめになった立場の者が、そうした人間に何かをさせようとしたり、義務の遂行を迫ったりするのは、腹立たしく、虚しい思いを積み重ねるだけの闘いになる。

苦しむ家族は彼を追放するか、あるいは追いつめて、ついには破滅させてしまう場合もありえる。私にしてもすでに世に出た画家ならば、それで比較的に安定した生活ができたうえで、さらに楽しく発展できるのではないかと夢を見た。不可能だとは思わない。今ですら。でも、当然かなりの冒険にはなるわけで、痛みも避けては通れないし、あらゆる天の助けが必要だ。

私はそうした秘密を、真実を、探りたくてこういう人生を選んだのだと思う。はとんどの人間が、これから始まろうとする人生のとば口で様々な教本を学ぶ。その中に手本として示される作品は、一定の時間の経過によって淘汰され、残っているものである。何かが突出して人に感動を与え、なるほどと言わせたもので、しかもその評価を保っているものだということになる。もっと長いスパンにおいては、さらに変化するものであるにしても。

そうしたものは、生活という必須の課題と、両立できないほどのエネルギーを費やしたものだとは言えないだろうか。そういう人間は生きている時には当然、罪人のように扱われる。ボヘミアンであり、穀潰しであり、信頼できない遊び人、イソップに出てくるキリギリスと同じ扱いだ。教養として文化を学ぶ時には手本とされるものなのに、それを生み出す人間の不可避的な条件については、あまりにも貶められてはいないだろうか。

私はもし犯罪人であるにしても、ただ罰すればいいとは思わない。それにはそれだけの理由が間違いなくある。社会において罰というものがどうしても必要であるとしても、本人がちゃんと心から納得できる扱いというものがあると信じている。私の元連れ合いが、実際にはどういう存在なのか、後の世でどう評価されるかなどということは、現在においてわかる筈もない。無限の可能性のうち、どんな未来が引き寄せられるのかは、まさに謎だ。

それでも、私はこの人生で与えられた問いに答えなければならない。私には財産などと言えるものはない。私の父親は何も自分の親から受け継がなかった。でも母の協力のもと、頑張って家族の暮らせる家を残してくれた。しかし、それも次の代には消えてしまう。だからパトロンにもなれない。むしろ子供まで連れた債権者の立場だ。

でも、たとえそうであるにしても、梅野満雄が人生を賭けたように、私も人生を賭けなければならない。信じた以上は。それに私が言うのも変なのだが、この元連れ合いには間違いなく他者への共感性がある。根源的な誠実さとでもいうものが。わかりにくい場合もあるし、決して素直ではないのだが。でもその重心のかけ方に私は尊敬の念を覚え、人生を共に闘ってきたのだ。

梅野家からすれば、私が嫁として夫の操縦技術に長けていないので、追いつめ煽り立てて、彼を暴れさせてしまったと感じたかもしれない。彼の振る舞いは私にしたところで、本当にそれは勘弁してほしいことで、嫌でもあったのだ。それにも拘わらず理解してしまい、共感すらしてしまった。彼の親の望むようには振る舞えなかった。何をしようと無理だったとは思うが、やはり厳密に言えば共犯ということになるのだろう。家族として進むべき道筋から息子を間違った方向に追いやってしまった、致命的な馬鹿嫁なのかもしれなかった。

昔だったら離縁どころか、私自身が命を差し出さねばならぬほどの罪に問われたかもしれない。正直なところ、私がいたことでちょっとは事態が良い方に向かったのか、それとも私がいたからこれほどひどいことになってしまったのか、自分でもわからないでいる。

でも、これだけは言える。彼は芸術家として生きたいのだ。人からどう見えようと、自分でそう信じたように生きたいのだ。そして私は何かの縁があって、それを助けたいと思うのだ。

過酷な人生を生きた芸術家たちが望んだに違いない、納得のいく生活というものが、この世にあってもいいと信じている。こうした困難な条件の中でも、やらざるを得ない魂なのかどうかが試されるのだとは思う。だから苦しいのは当然のことにしても、それなりの場が、それなりの土俵が、あってもいいのではないかと思うのだ。

それにしても梅野家は、とにかく運の強い家だ。これまでのいろいろな軌跡を振り返ると驚くばかりだ。極端なものをちりばめた運命の中で、夢をつかむその力は半端ではない。

私はこの家族を愛している。当の家族には信じてはもらえないかもしれないが、私はこの家に関わらせてもらったことを本当に幸せだったと思っている。これほど興味深い家はざらにはない。

この家に伝わる遺伝子の中には、本当に、どこか決定的に不器用なものがあると感じる。

けれど、他のところではお目にかかったことがないほどの、素直で根源的な温かさを天から授かっているとも思う。その天性が、たぶんこの世での夢の実現を可能にしているのだ。

難しいには違いないが、実は私にはわかっているのだ。この三竦みの状態から脱するには、彼が絵を描くことしかないのだと。扉の件では力が及ばなかった。それで今、一つだけ心に決めていることがある。この文を書き上げて、元夫の絵を世に知らせられるような本にしようということだ。私はもはや妻でもないが、とにかく彼に絵を描かせてあげたいと思っている。


私たちはその昔の遣隋使や遣唐使のように外洋に漕ぎ出して、重い荷物を乗せた小さな船でもって、未知の国に辿り着こうとしているようだ。この船は設計もどこかおかしくて、真っ直ぐに進むことすら難しい。私はその船底で爪も切らず、髪も梳《くしけず》らず、身体も洗わずに航海の無事を祈り続けている人のような気がする。

波も高く、沈没すればそれまでだし、難破すればお前のせいだと言われて、改めて海に放り込まれてしまいそうだ。未だどこにも辿り着いていない。助けてもらえそうな島影も見えない。

それでも私は信じて祈り続ける。辿り着く先は良くて、「はじの国」だろうとは思うのだが。

しかし構うことはない。この世は、どのみち壮大な実験場ではないか。ギャンブルになってしまってもいいのだ。その国こそあらゆる夢の、揺籃の地に違いないのだから。

最後の終わりと始まり

以上の文章を書いてから、実にいろいろなことがあった。

次から次へとひっきりなしに何かが起こり、様々な用件に追いかけられていた。

事実は明かさず暮らしていくのだから、とても普通の生活はできなかった。当然、人とのつきあいも極端に少なかった。それでもとにかく、忙しかったのだ。

そして、彼は死に物狂いで絵を描いた。

次の年の秋には個展を開いた。

それは新たな活動で、大きな転機となった。次に続く機会《チャンス》が舞い込んできたのだ。家族もわざわざ東京まで見に来た。父親は彼に、「お前はまだ、絵が描けるんだな」と言った。それから、「無人島にでも行けば、もっといい絵が描ける」とも。「認めてはくれた」と、息子は感じたようだった。

ただ私は、彼には私に言えない何かがあることを、心のどこかではわかっていたように思う。


平成二十三年は歴史的にも個人的にも、大震災の年となった。

年明け早々に、彼に現実を知らされた。

すでに新しい家族と暮らしていることを。

あまりに一貫性のない展開で言い訳もしようがない、ということは自分でもわかっていて、これまでどうしても言えなかったらしい。

しかし自分のその時々に進む方向が、過去と現在と未来の交差点で絡まって、この地上においてはあらゆる問題を引き起こす。耐え切れなくなって、ついに決着をつけることにしたらしい。しどろもどろに、私に在りのままの事実を打ち明けたのだ。

たしかに私には事実を知らせても知らせなくても、現実的に支障などなかったのだ。安住できる家から彼を締め出してしまったわけだし、実際に別れていたのだから。

義父と息子の関係においても、互いの感情を調整して幸せな未来を一緒に考える、という選択肢は残されていなかった。彼が生きるためにはどうしても、新しい家族というものが必要だったことは認める。正しく彼は一人身だったのだから。

私は実家で、平和で静かな生活を――彼との人生の中では比較的、という意味だが――送っていたのだし。

それでも、そういう可能性を考えてもいなかった私は、やはり仰天してしまった。今までのイメージというものがあり、彼を自分と一体化した運命として考えていたのだから。

そのうえ妊娠中の娘が、切迫早産の恐れのために救急車で最寄りの病院に運ばれ、その後さらに設備の整った新宿の病院に移された。そこに頼まれ物を持って面会に行った三月十一日、ちょうど十四時四十五分に一階の受付にいて未曽有の震災に遭った。交通も全て麻痺して帰宅難民となり、新宿の駅の通路で夜を過ごすことになった。寒さに耐えられなくなるまでそこで粘ったが、その後ようやく避難所になっていた都庁に辿りついて翌日の朝を迎えた。そこで交通情報が得られたので震災直後にも拘わらず、なんとかいつも通りの時間に職場まで行き着くことができた。あの状況にしては、ずいぶん運のいい方だったと思う。

それにしても私の人生を揺るがす激震に見舞われたことを、象徴しているような経験ではあった。

赤ん坊も、いつ出てきてしまってもおかしくないと言われ続けて四ヶ月、すべての難関を乗り越えて結局、予定日をだいぶ過ぎてから普通に産まれた。

こうした物事の変化や流れというものは、頭や理屈では非常によくわかる。

しかし、長い年月に亘って彼を助けているつもりで生きてきた私にとっては、いきなり信じていた世界が崩れ落ちてしまったのだから、人生の大惨事だ。心の中に渦を巻く凶暴なエネルギーが溢れかえり、パンドラの箱そのものとなって辺り構わず災いを撒き散らそうとする。

あの騒動は何だったのか。私も死にそうだったことは、どうしてくれるのか。見返りの問題ではない。皆が今までに味わった気持ちに対して、宥めようはあるのか。

改めて自分の依って立つ所をはっきりさせなければならない。


理解し助けようとしてきた私こそが、まさに彼を殺してしまいたくなるような感情に見舞われる。芸術家が味方であった筈の人間からも袋叩きにされる理由が、しみじみとわかる。

ただ、こうした場合に発生する感情の中に、見えてくるものがある。自分でも認めるのが哀しい、本来は必要もないのに重く引き摺っている妄執の数々が意識される。

誰かのためにこれこれのことをした、という言い訳はできない。常に、誰であれ、自身の選択によってのみ、生きているのだから。私はやはりそこに、彼の魂の正当性を見る。

彼のような人間はその時々の夢を追いかけるが、以前にあったすべてのものも心の中に持ち続けるということは理解している。しかも、それは人間なら誰しもそうではないか。

さらによく考えてみれば、要するに今、この私さえ彼を在りのままに認めてしまえば、彼は嘘のない自分自身として自由に飛んでいけるのだ。私がせっせと構築しようとしているバランスのとれた、安心できる世界像を、これでもかというほど撹乱してくれる彼をそのまま通してしまえば。

それで、こういう文章で締めくくることにした。

それでも歩く……——あとがきに代えて——

私はもちろん悲しくないわけではないし、プライドは壊滅状態だが、彼の命の心配をしているよりはいい。私に対して敵意や悪意があるわけでもなく、どんな種類の愛情にしろ存在はしていると感じるのだから、心も本質的には傷ついていないと思う。婆さんになるのはとても有り難いことだ。

それにしても私の知恵というものは（そんなものがあるとしたらの話だが）、本当に半端なものだった。私は唸り合って膠着した状態の親子を引き分けて、互いに手出しができないようにしたつもりだった。それも今になって考えれば、もっと高い視点から物事を見ることができていれば、また違った選択肢もあったであろうと思われる。

さらにその後の彼の、誰からも責められるだけの孤独な生活を本当には理解していなかったし、助けることもできなかった。

だからこうした人生の展開はたぶん、彼を生かすために必然的に顕れた道なのだ。

私は青木繁と梅野家にまつわる記念碑的な美術館が建てられたちょうどその時に、梅野家の長男の嫁であった。運命が、その面白い時と場所に置いてくれたのだ。

そして私が現実に関わった彼の人生が、再び絵を描く軌道に乗った。

私の役目は取り敢えず終わったのだ。これからなんとしても生き抜き、やるべきことをやればいい。お互いに。

吉凶入り乱れて雪崩を打って爆走していくこの運命の流れは、ちっぽけな人間の理屈や感情によってなど、理解できるものではないのだ。

義父も怒りはしたけれども、やはり十分に理解していると思った。尽きない情熱を持って語っていた芸術の本質というものを、息子はすべて現実の人生に於いて追求しているだけのことだから。

やっぱり俺の正統だ、本物の芸術家だ、と言って、誰彼かまわずに自慢したことだろう。

新たに企画された個展のために彼はまた、通常のきつい仕事をこなしながら懸命に絵を描いた。それは彼がデビュー当時からお世話になった、銀座の上出画廊で開催された。現在では、前代を引き継いだ美しいお嬢様が運営されている。

これで彼の人生が、大きく一巡りしたのだ。

その会場で彼の絵の前にじっと立ち尽くして、静かに涙を流している人がいたという。

やはり否応なく感じてしまう人はいるわけだ。

私は彼が絵を描き続けられるようにと願い続けた。

そして命からがら、彼は描いた。

油を使って作品を製作している時には誤って火に巻かれ、救急車で運ばれて集中治療室のお

世話にもなった。

それを聞いた私は、まだ彼が生きている不思議を思った。

美術館で行われた父の一周忌の催しに、彼はパリで開催した個展の成果を持って参加した。

創作を一旦やめた作家が再び仕事を始めるというのは、かなり稀だ。彼がここでまた活動することには、計り知れない価値があった。彼の絵が持つ色彩の美しさ、他に類を見ない透明感を認める人は今でも多い。

梅野隆の仕事の集大成として開催された展覧会には、所蔵されている息子の作品も展示されていた。

私はここで満足すべきだろうと思う。

そして夏のある朝、強くはあるが気持ちのいい風の中で、私は道端に揺れている槿《むくげ》の花を見る。薔薇のように大事にされた華やかさはないが、吹き倒されそうになっても悠々と咲いている、五弁の花を。

私も朝陽を浴びながら、風に吹かれながら、それでも元気に歩いていくだろう。
さらなる夢を追いかけて。
また別の話を書こう。
また私の分身である人形を創ろう。
いつか蒔かれた種が、今度はどんな芽を出してくれるのか、胸をときめかせながら。
だから私は、どう見えようと、懸命に生きる誰とも同じ、幸せな人間であるだろう。

開館当時の梅野記念絵画館　　写真提供／橘 正人氏

この絵画館の中には私がいる。現在も写真家として活躍されている橘氏は、開館以来広報の仕事に携わってくださり、この本に掲載した作品等も撮影して戴いた。

館から出ていく私の凄まじい後ろ姿が目に焼きつき、心を痛め続けてくださった。長野冬季オリンピックのお仕事で、この地とのご縁ができたそうだ。オウム騒動の時には信者を他所へ転出させるために協力された、村の恩人でもある。

著者プロフィール

梅野 淑子（うめの よしこ）

1954年　千葉県生まれ

多摩美術大学油画科卒業

梅野記念絵画館開設準備より開館後まで学芸員として従事

空飛ぶ亀の狂詩曲《ラプソディ》　青木繁に魅せられた梅野家の断章

2013年7月15日　初版第1刷発行

2020年2月5日　初版第2刷発行

著　者　梅野 淑子

発行者　瓜谷 綱延

発行所　株式会社文芸社

〒160-0022　東京都新宿区新宿1－10－1

電話　03-5369-3060（代表）

03-5369-2299（販売）

印刷所　株式会社フクイン

ISBN978-4-286-12970-9